Only Sense
온리 센스 온라인
Online 06

세이 *Sei*

윤의 리얼 누나. OSO에서 손꼽히는 [마법사].
수 속성의 사용자가 수 속성 장비에 도전——?

리레이 Rirei
화 속성으로 대표되는
화력 중시의 마법사.
곧잘 망상세계에 빠지는 게 옥에 티.

히노 Hino
창과 철퇴를 주로 사용하는 전위형
파워 파이터.
항상 씩씩한 파티의 무드 메이커.

뮤우 Myu
파티의 중심 존재로 [한 손 검]과 [광 속성]을
다루는 마법전사.
치트급 플레이 스킬을 가진 파티의 견인역.

최대 난이도 의
퀘스트 라도
우리라면 공략 해보이겠어!!

코하쿠 *Kohaku*
풍 속성을 특기로 삼는 밸런스형 마법사.
리레이와의 연대로 힘을 발휘하는 딴죽 담당.

토우토비 *Toutobi*
덫 해제도 특기인 척후역.
합동 퀘스트에서 같은 [간파]
소유자인 윤과 태그를 짠다.

루카토 *Lucato*
[대검]을 시작으로 여러 도검을 다루는
전사. 사령탑으로서 전투 시에는
리더를 맡는 디펜더.

"뛰어올라, 토우토비———!"

"계속 이 순간을 기다렸습니다.

———〈넥 헌트〉!'

온리 센스 온라인
6

아로하자초 지음 ｜ **유키상** 일러스트 ｜ **한신남** 옮김

커버 그림, 본문 일러스트 | **유키상**

Only Sense Online
요정 퀘스트와 소원

윤 Yun

최고로 인기 없는 무기 [활]을 택해버린 초심자 플레이어.
수습 생산직으로서 부가 마법이나 아이템 생산의 가능성을
깨닫기 시작하고 ──

뮤우 Myu

윤의 리얼 여동생. 한 손 검과 광 마법을 다루는 성기사로
완전 전위형. 베타판에서는 전설이 될 정도의 치트급 플레
이어.

마기 Magi

톱 생산직 중 한 명으로 플레이어들 중에서도 유명한 무기
장인. 윤의 든든한 선배로 충고를 해준다.

세이 Sei

윤의 리얼 누나. 베타판부터 플레이어한 최강 클래스의 마
법사. 수 속성을 주로 다루고 모든 등급의 마법을 구사한
다.

타쿠 Taku

윤을 OSO로 끌어들인 장본인. 한 손 검을 다루고 경갑옷
을 장비하는 검사. 공략에 애쓰는 정통파 플레이어.

클로드 Cloude

재봉사. 톱 생산직 중 한 명으로 의
복류 장비품 가게의 주인. 윤이나
마기의 오리지널 장비 클로드 시리
즈를 만들었다.

리리 Lyly

톱 생산직 중 한 명으로 일류 목공
기술자. 지팡이나 활 등의 수제 장
비는 많은 플레이어에게 인기를 얻
고 있다.

서장　현상수배와 금속실

콧노래 섞어가면서 오븐 안을 들여다보며 얼마나 구워졌
는지 확인했다.

아직 시간이 더 걸릴 것 같지만, 오븐에서 구워지는 쿠키
의 버터 향기가 가게 안을 떠돌자 먹보인 새끼 동물 두 마리
가 코를 벌름거리면서 애타게 다 구워지기를 기다렸다.

"다 구워지려면 시간이 걸릴 테니까 책이나 읽을까."

쿠키가 구워질 때까지 카운터에 놔둔 책을 손에 들고 책
갈피가 꽂힌 페이지부터 읽어갔다.

지난번에 여름 이벤트 때 입수한 책을 간신히 독파하고
새로운 책의 해독에 착수했다.

도등화 나무와 거대 늑대의 레이드 퀘스트의 보수인 수수
께끼의 책. 그 타이틀은——[민간 약학 사전]이라고 해서,
범용성 높은 [조합]의 생산 아이템 레시피를 모은 책이었다.

"원래 소생약은 이런 식으로 만드는 거였구나."

나는 책의 어느 페이지를 뒤적이면서 내가 만든 소생약
레시피와 비교하였다.

내가 직접 뛰어서 발견한 소생약 제조법도 이 책에 분명
히 기록되어 있는데, 비교해보면 아무래도 내 레시피는 기
본형에 어레인지가 들어간 것인 듯했다.

소재 선택이나 투입 타이밍 등에 다소의 차이가 있지만,

대략적인 흐름에는 차이가 없었다. 그것만으로 포션에 차이가 생기니까 재미있다.

그러는 동안에 오븐의 메뉴에서 설정해두었던 타이머 기능이 알람을 울려 쿠키가 다 구워졌다고 알렸다.

"오, 잘 구워진 모양이네."

오븐을 열자 새어 나오던 버터 향기가 단숨에 가게 안에 퍼지고, 졸며 기다리던 새끼들이 벌떡 몸을 일으켜 내 발치로 다가왔다.

"아, 뤼이, 자쿠로. 아직 뜨거우니까 기다려."

내 한마디에 일각수 뤼이는 어쩔 수 없다는 듯이 창문 밑의 제일 볕이 잘 드는 자기 자리로 돌아가서 드러누웠다. 하지만 꼬리 둘 달린 검은 여우인 자쿠로는 앞다리 한쪽을 든 포즈인 채로 움직임을 멈추고 다른 다리만으로 몸을 지탱하며 부들부들 떨기 시작했다.

"풋, 그렇게 애쓰지 않아도 돼. 그리고 열기가 빠지지 않으면 못 먹잖아."

못 먹는다는 말을 듣자 지지대가 사라진 것처럼 꽈당 옆으로 쓰러지는 자쿠로. 바로 못 먹는 게 그렇게나 쇼크였을까. 그렇게 생각하면서 가볍게 웃었다.

내가 지금 있는 장소는 OSO 내부에 있는 포션이나 소모품을 주로 다루는 가게――[아트리엘].

약을 만들려면 [조합] 계열 센스를 이용하는데, 그런 가게 안에서 왜 쿠키를 굽느냐 하면 [요리] 센스를 이용한 내 취미다.

"어쩔 수 없군. 자, 자쿠로. 안 예쁜 건 먼저 먹어도 돼."

그 한마디에 쓰러졌던 새끼 여우 자쿠로가 벌떡 일어나서 내 다리에 앞다리를 대고 뒷다리만으로 일어섰다.

"그렇게 서두르지 마. 아직 뜨거우니까 조심해."

내가 그렇고 말하고 굽다가 절반으로 쪼개진 쿠키를 자쿠로의 입에 던져 넣자 맛있다는 듯이 먹기 시작했다.

다만 역시 아직 열기가 남아서 뜨거운 듯하였다. 헥헥 숨을 내쉬고, 뜨겁지만 맛있다고 하듯이 팔짝 뛰었다.

나도 하나 먹어보았지만, 산뜻하면서도 맛이 있고 열기가 버터 향기를 입 안 가득 퍼뜨렸지만, 먹기에는 다소 시간이 일렀던 듯 싶었다.

"으음. 뭐, 잠깐 식혔다가 포장을 할까. ——어서 오세요."

준비해둔 깨끗한 천과 리본을 옆에 둔 채로 [아트리옐]에 들어온 플레이어에게 말하였다.

"안녕하세요, 윤 씨. 맛있어 보이는군요."

""안녕하세요~.""

"레티아. 그리고 라이나에 알. 요즘 어때?"

인사를 교환한 것은 항상 배고픈 엘프인 길드마스터 레티아와 신참 길드 멤버인 라이나와 알이 발족한 신흥 길드 [신록의 바람] 멤버들이었다.

라이나와 알은 가게 안에서 제일 볕이 잘 드는 자리에 누워 있는 일각수 뤼이와 버터 향기를 풍기는 검은 여우 자쿠로에게 인사하였지만, 뤼이는 휙 고개를 돌렸다.

"그럭저럭…… 식재가 쌓였습니다."

"아니, 식량 사정을 묻는 게 아니라."

내가 딴죽을 건 직후에 진지한 표정으로 '농담입니다'라는 대답이 돌아왔다.

"사역 몹의 활용법으로 조금씩 길드 자금을 모으면서 길드 홈을 갖는 것을 목표로 활동하고 있지요."

"헤에, 레티아의 몹이라면——."

초식동물 하루, 밀버드 나츠, 위스프 아키, 페어 팬서 후유.

그리고 여름 캠프 이벤트에서 동료로 삼은 새끼 가네샤 무츠키.

생산 길드 주최의 이벤트에서 동료로 삼은 라나 버그 키사라기였던가.

이 여섯 마리의 활용법이라고 하자면——.

"설마 하루의 복슬복슬한 털을 깎고 나츠의 깃털을 뽑아서 판다든가……."

"그런 짓은 안 합니다. 애초에 내 베개가 없어집니다."

"레티아 씨! 하루가 베개라는 인식?!"

뤼이와 자쿠로를 구경하던 라이나가 돌아보며 소리쳤다. '나도 비슷한 생각을 가졌다'라고 중얼거렸다가 라이나에게 눈총을 받고 알에게 쓴웃음을 샀다.

"그게 아니라면…… 위스프에게 약초를 줘서 [인혼결정]이나 [인혼광석]이라도 파는 거야?"

"그것도 있습니다. 전부터 아키는 여러 가지를 먹으면 때로 아이템을 뱉었습니다. 사주는 데에서는 제법 비싸게 사주지요."

특정 몹은 정해진 아이템을 주면 대신 몹 고유의 드랍 아이템이나 레어한 소재를 교환해준다. 위스프도 그런 종류의 몹으로 아이템을 줄 때의 반응이 아주 재미있다.

"그리고 아키만이 아니라 또 한 마리 쪽도 지금 수입의 메인입니다."

"또 한 마리?"

내가 고개를 갸웃거리자, 이 자리에서 그 사역 몹을 불러내는 레티아.

"나오세요, 라기. ──〈소환〉."

불러낸 것은 눈물 형태의 머리와 머리 중앙에 결정을 가진 곤충형 몹인 라나 버그, 키사라기. 애칭은 라기다.

전에 보았을 때는 전투 시여서 경계하느라 차분하게 관찰할 수 없었지만, 딱딱 이빨 소리를 내며 앞다리를 비비는 그 모습은 왠지 귀여웠다.

"뭐라고 할까, 이 튼실한 몸에는 마음을 사로잡는 매력이 있어."

"예, 애정을 주어 기르면 사역 몹은 예뻐지니까요."

동물 형태 몹인 들개도 적이면 더러운 모습이지만, 파트너로 삼아서 잘 키우고 빗질하면 윤기가 생기고 기품이 난다.

나의 뤼이나 자쿠로도 빗질이나 커뮤니케이션을 빼먹지 않아서 푹신푹신하고 매끄러움을 유지하였다.

"라기는 예쁘기만 한 게 아닙니다. 이 아이는 생산소재를 만들어주니까요."

"생산소재?"

"그렇지요. 여기서 나오는 것은 철괴."

그렇게 말하며 레티아가 인벤토리에서 쇳덩어리를 꺼냈다. 무슨 마술이라도 시작하려는 듯한 기색인 레티아는 그대로 라기의 앞에 주괴를 내밀었다.

그리고 그걸 받은 라기는——먹기 시작했다.

"어?!"

바삭바삭바삭, 마치 전병이나 과자라도 먹듯이 쇳덩어리를 그 강인한 턱으로 씹어 먹었다.

"아니, 먹어도 괜찮아?! 괜찮은 거야?!"

"괜찮습니다. 그럼 라기, 부탁합니다."

레티아가 그렇게 말하며 주괴 몇 개를 먹어치운 라기는 입을 벌리고 뭔가 가는 것을 앞다리로 토해내어 잣기 시작했다.

"이건 실?"

"예, 금속실입니다. 경우에 따라서는 강철실이나 메시를 만드는 소재입니다."

"우와아아."

분명히 거미나 누에 같은 곤충은 실을 토해내지만, 설마 금속실을 토해내다니, 정말이지 판타지스러운 광경이었다.

"라나 버그는 금속 한정이지만, 실을 이렇게 토해내지요. 그러니까 은실이나 철실은 천 계열 방어구의 소재로 매입해 줍니다. 가격을 잘 쳐주고 있죠."

그렇게 말하는 레티아.

주로 메시 형태로 짜서 대미지를 받기 쉬운 부분을 보강하는 데에 쓴다. 사슬갑옷처럼 칼날을 막는 효과는 없지만, 어느 정도의 효과를 얻을 수 있다고. 방어구 이외에도 자수나 즉석 덫, 튼튼한 로브 등 쓸 곳은 많다.

"대단하네. 이건 어디서 살 수 있어?"

"생산 길드를 통해 팔고 있습니다. 라기의 하루 생산량에도 한계가 있어서, 현재는 예약이 꽉 차 있습니다만."

"그래……."

"그러니까 윤 씨, 제 부담을 줄이기 위해 힘내서 금속실을 만들어주세요. 오히려 정보를 몰래 퍼뜨려주세요."

"그건……. 그래, 알았어."

나는 고개를 끄덕이고 금속실의 작성, 아니 [합성]을 검토했다. [합성] 센스로 소재들을 조합하는 방법을 생각하면 금속 계열 아이템과 실로 만들 수 있을지도 모른다. 다만 레벨이 낮은 아이템으로는 어려우니까 고렙의 소재를 준비해야겠지.

그 경우, 라나 버그로 만드는 것보다 비용이 들겠지만 실험해볼 가치는 있겠다.

"재미있네. 그렇다면 광석의 채굴과 쓸 만한 실의 수집⋯⋯. 아니, 두 사람 다 왜 그래?"

내 혼잣말을 듣고 라이나와 알의 시선이 이리저리 움직였다. 나는 의아하니 고개를 갸웃거리며 물었다.

"아니, 윤 씨는 대단하구나 싶어서."

"어?"

라이나의 갑작스러운 말에 나는 얼떨떨하게 대답했다. 알에게로 시선을 돌리자, 라이나의 부족한 말을 보충하기 위해 알이 띄엄띄엄 대답하기 시작했다.

"광산이나 던전처럼 몹이 많은 영역에서 간단히 소재를 회수할 수 있다니, 대단하구나 싶어서요. 요즘 실감했거든요. 우리로서는 소재를 찾을 수 없고, 적 몬스터에게 쫓기고, 채취에 시간이 걸려서 생각만큼 성과가 안 나와서요."

"뭐, 나는 그런 상황에 적응한 센스 구성이니까."

이것만큼은 쌍둥이와 기본 바탕이 다르니까 내가 뭐라고 할 수 없다.

레티아에게 눈을 돌리고 쌍둥이에게 충고를 좀 해주라고 눈짓을 하자, 맡겨달라는 듯이 고개를 끄덕였다.

"그렇게 고민이라면——식재료를 모으세요!"

"결국은 먹을 거냐!"

"예, 모든 것은 이어집니다. 적 몬스터를 쓰러뜨린다. 레벨이 오른다. 덤으로 식재료가 모인다. 그리고 요리를 먹고 파워업. 그리고 또 사냥. 그걸 반복합니다."

의기양양해하는 표정은 필요 없다. 애초에 그건 레티아의 욕망이겠지.

"뭐, 꼭 틀린 말은 아니고 요리로 일시적인 스테이터스 상승도 가능하지만, 그렇게 단순하지 않겠지. 뭐, 여러 플레이어와 임시로 파티를 짜고 시험해봐."

레티아의 의견은 너무 극단적이기에 내 생각을 전달하자, 씩씩하니 기분 좋은 대답이 돌아왔다.

나도 타쿠나 뮤우, 마기 씨 등에게 배운 게 많다. 두 사람이라면 나 이상으로 많은 것을 얻겠지.

"그래서 결국 가게에 뭐 하러 왔어?"

"그래, 그거야! 소모품의 보충! 나랑 알은 블루 포션. 레티아 씨는 하이포션과 MP 포션. 그리고 셋 전원에게 샌드위치를 부탁해."

"예이."

나는 카운터 뒤의 아이템 박스에서 부탁받은 상품을 꺼내어 NPC 쿄코에게 건네어 그대로 계산도 끝마쳤다.

그리고 세 사람이 지불을 마치자 새로운 손님이 [아트리엘]의 입구에 서 있었다.

그 모습에 라이나와 알이 굳었다.

"여어, 잘 지냈나, [아트리엘]."

"기, 길드 [옥염대]?! 왜 여기에!"

가게에 들어온 것은 PK 길드 [옥염대]의 길드마스터인 플레인과 서브마스터인 토비아였다. 그 두 사람의 등장에 라이나가 소리를 높였다.

얼마 전에 PK로 다소 문제가 생겼기 때문에 라이나와 알은 완전히 경계 상태였다.

특히나 그 사건 현장에 있던 PK가 토비아였기 때문에 쌍둥이는 플레인보다 토비아를 더 경계했다.

"음? 뭐야? 너랑 아는 사이냐?"

자기네 길드 이름이 나오자 반응을 보이는 플레인. 쌍둥이와 플레인 사이에는 면식이 없지만, 부길마인 토비아가 플레인의 뒤에서 한 손을 들고 미안하다는 시늉을 하였다.

"어서 와. 너무 위압감 내비치지 마. 라이나랑 알이 무서워하잖아."

게다가 우리 집의 새끼들도 두 사람의 기척을 탐지했는지, 뤼이는 환술로 모습을 감추었고 자쿠로는 도망치듯이 [아트리엘]의 공방부로 달려갔다.

"흐~응. 내가 위압감이라."

라이나와 알을 뚫어져라 바라보는 플레인. 라이나는 알의 뒤에 숨은 모습으로 바들바들 떨었고, 알은 라이나의 방패가 되는 바람에 도망도 못 쳤다.

"뭐, 예전 PK 길드는 해산하고 재결성했지만, 두려움을 사는 건 어쩔 수 없지. 그러니까——PK해줄까?"

"흐, 흥! 그런 위협에, 무, 무서워할 줄 알고!"

싹싹한 연상의 말투에서 표변하여 차갑고 낮은 목소리를 내는 플레인. 그 목소리에 반사적으로 대답한 라이나는 알

의 뒤에 숨은 채로 울상을 하면서 목소리를 떨었고, 정면에서 플레인의 날카로운 시선을 받은 알은 한마디도 못한 채 안색이 창백해졌다.

"플레인 씨, 애들 놀리는 건 적당히 해주세요."

토비아가 제지하였다.

"아니, 토호쿠 지방의 요괴탈을 쓴 사람이 이런 기분일까 싶어서."

"뉴비를 괴롭히는 건 그만둬. 그리고 저렇게 겁먹는 원인을 만든 건 토비아잖아. 나 참……."

나는 한숨을 내쉬면서 두 사람에게 회복 아이템을 건네고 두어 마디 말을 나눈 것으로 볼일을 끝마쳤다.

플레인이 기분 나쁘게 히죽거렸기에, 결국 라이나와 알은 경계하며 꿈쩍도 못한 채 두 사람을 지켜보았다.

그리고 [옥염대]의 두 사람이 보이지 않게 되자 간신히 한숨 돌렸지만 곧바로 이쪽을 향해 다그치고 들었다.

"왜! 왜 이 가게에 PK가 드나드는 거야!"

"무서웠어요. 라이의 벽이 되는 바람에 계속 시선을 받아서 무서웠어요."

"어어, 뭐, 여러 이유가 있거든. 두 사람 다 진정해."

흥분한 쌍둥이를 이대로 모험에 내보내는 것도 무리다 싶어서 레티아와 함께 다시금 카운터 맞은편에 마주 보듯이 앉혔다.

방금 전에 구운 쿠키도 좀 식었기에 두 사람을 진정시키기 위해서 달달한 홍차를 끓여서 내놓았다.

●

"보자, 어디부터 이야기해야 할까."

"우물우물. ……이 쿠키 맛있네요. 앞으로 팔 겁니까?"

"나 참……. 레티아는."

달콤한 홍차를 마시면서 내놓은 쿠키를 먹었다. 레티아만
큼은 다람쥐처럼 볼을 부풀리며 쿠키를 잔뜩 우물거렸다.
조금은 사양할 줄도 알아라.

이제부터 시리어스한 이야기가 나온다고 상상했던 라이
나와 알은 어깨를 추욱 늘어뜨렸지만 그렇게 진지한 이야기
도 아니다.

"뭐, 플레인이나 토비아네가 PK를 했던 사실은 변함없고,
일단 해산했어도 결국은 PK를 그만둔 게 아니니까."

"어째서 윤 씨가 그런 사람들에게 왜 아이템을 파는데! 전
에 길드의 악질적인 권유에 가게 출입 금지를 먹였잖아!"

"나도 PK를 좋아하는 건 아니지만, 애초에 OSO 시스템
으로 존재하는 걸 덮어놓고 부정하는 것도 문제잖아."

OSO에서의 PK 시스템은 플레이어가 플레이어를 죽였을
경우, PK당한 플레이어의 소지금 절반이 PK한 쪽으로 이동
한다.

단순하지만 별로 이득이 많지 않다. 하지만 분명히 시스

템으로서 존재하고 인정되었다. 또한 PK용, 대인전용 센스도 발견되었으니까 PK도 OSO를 즐기는 법 중 하나라는 인식이다.

"뭐, PK는 소수파의 과격한 놀이지."

"분명히 PK를 인정하지 않는다면 플레이어에 대한 공격 판정을 없애면 되고, 대인 전투도 PVP로 한정하면 돼. 하지만 그러면 왠지 답답해."

PK가 없는 세계를 답답하다고 표현하는 라이나. 분명히 나쁘다고 죄다 제한을 걸면 답답하게 느껴진다.

OSO는——플레이 스타일은 only——라는 말이 메인 카피다. 그럼 남에게 폐를 끼치지 않는 범위라면 인정하는 것도 괜찮다고 생각되었다.

"게다가 일방적으로 공격하는 PK는 경원되지만, 마찬가지로 대인전투인 PVP는 사랑받지. 이 차이가 뭔지 알겠어?"

"으음, 정정당당?"

"조금 아니야."

라이나는 솔직하게 대답했구나 싶어서 미소가 나왔다. 그리고 턱에 손을 대고 생각하던 알이 대답했다.

"메리트와 디메리트가 모든 플레이어에게 있는가?"

"정답. PK는 일방적으로 공격했을 경우 PK쪽이 유리하고, 잘만 받아칠 수 있어도 PK쪽이 패배의 리스크를 고려하여 소지금을 전액 맡겨둔다면 공격을 받은 플레이어만 리스크를 지는 거야."

내 말에 고개를 끄덕이는 두 사람.

한편, PVP는 플레이어 사이에 룰을 정하고 거기에 따라 싸운다. 룰은 제한시간이든 승패로 얻는 아이템이나 돈이든 다채롭지만, 쌍방에게 메리트와 디메리트가 존재한다.

"그 PK의 메리트의 집중화를 막기 위해서 플레인의 [옥염대]의 PK와 생산 길드가 협력해서 어떤 시스템을 만들었어. 그게——[현상수배] 시스템이야."

"현상수배라면 현상금이 붙는 그거?"

라이나의 말에 고개를 끄덕여 긍정했다. 이건 클로드 주체로 만들었기 때문에 본인에게 직접 들은 이야기다.

"플레인 같은 PK는 자신들을 [현상수배] 시스템에 등록해서 PK해. 그러면 쓰러진 플레이어에게서 얻은 돈의 90퍼센트가 현상금에 덧붙게 돼."

예를 들어서 플레인이 20만 G를 소유한 플레이어를 PK했을 경우 절반인 10만 G를 얻고, 그중 9만 G가 [현상수배]의 현상금에 추가로 붙는다.

왜 90퍼센트냐 하면, 나머지 돈은 장비나 아이템 등의 소모품 보충과 수리비용이라는 듯했다.

"그리고 [현상수배]된 PK를 역으로 쓰러뜨릴 수 있으면 쓰러뜨린 플레이어, 혹은 파티가 여태까지 쌓인 현상금을 차지하는 시스템. 뭐, 길드에서 하는 서비스 중 하나야."

시스템의 룰을 결정했으면 상금 정산 등은 NPC에게 맡기는 모양이었다. 그 외에도 일정기간 현상수배 PK가 쓰러지지 않았을 경우는 여태까지 모인 현상금 중 절반을 PK가 손에 넣는다는 등, 세세한 룰이 있지만 자세하게까지는 모른다.

"과연. 플레이어를 사냥하는 PK. 그 PK를 사냥하는 PKK의 존재인가."

알은 납득한 것처럼 끄덕였다. 뭐, 현상수배된 PK가 나타면 그 목을 노려서 현상금을 벌려는 플레이어도 나타날 것이 예상되었다.

플레인도 플레이어를 쓰러뜨리고 자신이 새로운 플레이어를 불러들이는 먹잇감이 되는 것에 기뻐하였다.

"그러면 그 [현상수배]에 등록되지 않은 PK는 어떻게 할 건데? 그 놈들은 내버려둬?"

"그건 놀이방식의 차이잖아. 플레인네는 말하자면 OSO의 악역을 연기하는 것을 즐겨. 그러니까 다른 PK들이 과도한 민폐행위를 하지 않는다면 방치하지 않을까?"

쌍둥이에게는 그렇게 말했지만, 플레인의 [옥염대] 멤버들은 그런 PK들도 솔선해서 쓰러뜨리고 다닐 생각이라는 듯했다. 딱히 정의감 어쩌고가 아니라 단순히 현상금 액수가 오르기 쉬운 탓이다. 이미 같은 PK끼리 현상금 액수를 겨루는 현상도 시작되었다.

"하아. 왠지 우리가 모르는 세계가 펼쳐졌네."

"그래. 함부로 공격했다간 역습을 당할 것 같아."

라이나와 알은 그렇게 말하더니 얽히지 않겠다고 명언하

였다.

"뭐, 자기 좋을 대로 플레이하고 자기 주위만이 이해해준다면 되지 않을까?"

나는 모르겠다. PK에도 흥미 없고, 하물며 [현상수배]의 현상금 따위에도 관심 없다.

"일단 후학을 위해 들어두겠습니다만, 그들의 상금은 얼마나 쌓였습니까?"

지금 이야기를 듣지 않은 눈치였던 레티아가 쿠키를 먹고 차를 마시면서 물었다.

"으음, 플레인이 345만 G에 토비아가 214만 G였지······."

희미한 기억이라 자신이 없지만 그 뒤에도 계속 PK를 했다면 늘어났겠지.

"어떻습니까? 그들을 쓰러뜨리면 길드 홈을 살 수 있어요."

레티아가 졸린 눈으로 쌍둥이에게 물었지만, 라이나와 알은 고개가 떨어질 정도로 세차게 좌우로 흔들며 거부하였다.

"뭐, 저도 밥벌이가 안 될 듯하니 하지 않겠지만요. 그럼 윤 씨, 잘 먹었습니다."

레티아의 기준은 역시 음식인가. 그렇게 생각하면서도 세 사람이 가게를 나서는 걸 지켜보았다.

플레인 같은 PK들도 눈에 들어온 플레이어를 마구잡이로 덮치기보단 효율적으로 현상금 액수를 버는 쪽에 매진할 테니, 강한 플레이어들끼리의 싸움이 되리라고 예상이 갔다. 하지만 나랑은 관계없는 이야기다.

내가 [아트리엘]의 카운터 자리로 돌아와서 금속실의 [합성] 실험을 위한 소재를 정리하기 시작하자, 메뉴에 운영진의 공식 안내문이 도착했다.

"흐음, 점검과 업데이트. 그리고 한정 퀘스트인가."

흘려 읽은 내용은 점검 기간의 공지와 업데이트 내용. 그리고 다다음 업데이트까지의 한정 퀘스트 내용 시사.

업데이트 내용은 신규 몬스터의 추가와 아이템의 추가 등.

한정 퀘스트의 내용은 자세히 적혀 있지 않았지만, 업데이트 후에 정보가 나오겠지.

나는 업데이트 내용에 흥미가 없다. 아마도 뮤우나 타쿠가 뭔가 정보라도 찾아오리라고 생각하면서 계속 소재 리스트를 뽑았다.

1장   가시덩굴과 알케니

학교 복도. 길게 갈라땋은 머리와 아래쪽에만 테가 있는 안경이 특징인 학급위원 엔도가 고생스럽게 노트나 제출물을 옮기는 것을 보아 돕게 되었고, 운반을 마치고 돌아가는 짧은 시간에 함께 OSO의 정보를 교환하였다.

"저기, 슌. 저번에 말했던 화분, 기억해?"

"어, 원예용 아이템? 그게 왜?"

전에 아무 생각 없이 말했던 잡담을 용케 기억한다 싶은 마음으로 엔도의 이야기를 들었다.

"이번에 보러 갈까 하는데, 파는 장소를 잘 몰라. 같이 좀 가줄래?"

"어, 그런 거군. 분명히 거기는 말로만 들으면 알기 어렵지."

나는 원예용 아이템을 파는 NPC에 대해 떠올렸다. 장소가 뒷골목에서도 조금 더 안쪽으로 들어가야 하기 때문에 알기 어렵고, 한번이라도 길을 잘못 들면 헤맬 만한 장소다.

내가 이렇게 뒷골목에 들어가는 것은 동네 산책 겸 기분 전환이 이유다. [아트리엘]에만 틀어박혀 있으면 정신건강에 좋지 않으니까, 도서관에 가는 이외에도 노트나 만년필 등의 문방구나 책, 밭을 경작하는 농업 아이템이나 원예 아이템 등을 파는 가게를 산책 도중에 발견하였다.

그 외에도 뒷골목에 있는 휴식용 광장이나 풀밭이 된 공터 등도 분위기가 괜찮아서 좋아하는 장소다.

"하지만 왜?"

"아니, 저번 레이드 퀘스트의 보수. 내 보수가 그게……
묘목이야."

"아하, 이해했어."

도등화 나무와 관련된 레이드 퀘스트. 거기에 참가한 나
와 엔도는 클리어 보수를 얻었다. 그중 하나가 [도등화 묘
목]이라는 아이템이었다.

이걸 키우면 소생약의 소재 중 하나인 도등화 꽃잎을 하
루에 하나씩 채취할 수 있게 된다.

그리고 [아트리엘] 뒤에 있는 밭에 심은 [도등화 묘목]은
나날이 자라서 지금은 하루에 다섯 장, 많을 때는 최대 열
장까지 꽃잎을 채취할 수 있게 되었다.

하지만 나처럼 밭을 가진 플레이어 자체가 드물기 때문에
대부분의 플레이어는 어떻게 해야 할지 난감한 판국이었다.

"분명히 묘목만 있어도 소용없다고 그랬던가."

"꽤 다루기 어려우니까. 게다가 조사해보니까 완전히 다
자라지 않더라도 채취량은 어느 정도까지 늘어나는 모양이
니까, 한번 시험해볼까 해."

"알았어. 하지만 거기는 해가 나 있는 시간만 개점하니깐
내일 가자. 마침 토요일이고."

"알았어. 오늘은 어차피 업데이트가 있어서 로그인할 수
없어. 그럼 기대할게."

그 뒤에도 엔도와 정보 교환이나 내일 약속에 대한 이야기를 하고, 그날은 그대로 귀가했다.

그리고 다음 날. 로그인한 나는 엔도, 아니 게임 캐릭터이니 에밀리의 가게로 마중 나갔다.

해가 들지 않는 뒷골목에 조용히 있는, 간판도 없는 그 가게는 [소재상]이라 불리는 생산직을 위한 생산직의 가게.

"안녕, 에밀리 있어?"

"아, 윤. 기다리고 있었어. 그럼 갈까."

에밀리는 모자와 가면을 장착하여 가면 미인 에밀리오로 변신하고 밖으로 나갔다.

"역시 그걸 하고 나가는구나."

"이게 익숙하니까."

쓴웃음을 짓는 에밀리.

"에밀리는 맨얼굴 쪽이 좋은데."

"윤이 여자 모습이라, 유혹해도 전혀 그렇게 들리지 않아."

"아니, 유혹이라든가 그런 생각은 아냐. 그리고 내 캐릭터의 외견을 신경 쓰고 있거든?"

허리까지 오는 긴 흑발을 손에 들고 한숨을 내쉬었다.

캐릭터 에디트에서 여성적인 방향으로 신체 보정을 받은 결과, 이런 여성 캐릭터가 되었다.

"타쿠한테 정체를 들켰으니까 딱히 할 필요가 없지 않아?"

"으음, 그래. 하지만 이쪽이 미스터리어스하지 않아?"

가면을 슬쩍 벗으며 이쪽에게 윙크를 날리는 모습에, 안경과 마찬가지로 패션 아이템이라는 생각도 들었다.

게다가 에밀리의 가면 [충격 흡수의 가면]은 방어구의 내구도 소모 정도를 재는 바로미터가 되기에 장비로써도 유용하다.

에밀리와 둘이서 대로를 경유하여 목적하는 원예용 아이템 가게로 향했지만, 아무래도 마을의 분위기가 평소와 달랐다.

"왠지 오늘은 평소 이상으로 북적대는 느낌인데."

"그건 업데이트 직후니까 그렇지. 다들 조금이라도 일찍 업데이트 추가 요소를 즐기고 싶은 거야."

그 말에 다시금 주위를 보니 어딘가 안절부절못하는 플레이어들이 얼른 뛰어가고 싶어서 움찔거리고, 뭔가를 찾듯이 두리번거리는 기색이었다.

"업데이트 후의 공지에는 기간 한정으로 요정 퀘스트가 발생한다는 것과 신규 몹의 추가. 그리고 필드에 랜덤으로 유니크 보스라는 게 출현하는 모양이야. 그리고 사소한 아이템 추가나 버그 수정 같은 것들."

"요정 퀘스트와 유니크 보스라. 그게 뭐지?"

그렇게 중얼거렸다. 요정이라면 판타지의 대표적인 요소지. 레티아의 사역 몹인 페어리 팬서도 요정처럼 반투명한 날개를 가졌으니까, 그런 느낌의 날개를 가진 소인 같은 존재일까? 그렇게 상상을 부풀렸다.

"뭐, 나는 정보가 나돈 뒤에 시작할 생각이니까, 그렇게 급하지 않아."

"아, 나도 그럴지도."

자기가 선구자가 되겠다는 마음이 없기 때문에 정신없이 요정을 찾는 플레이어들에게 힘내라고 마음속으로 응원을 보내면서, 에밀리와 함께 뒷골목의 원예용 아이템 가게로 향했다.

거기에는 처마 밑의 화분에 꽃을 피운 가게가 하나. 마침 점원 NPC가 꽃에 물을 주고 있었다.

"안녕하세요."

"어서 오세요."

앞치마를 두른 꽃집의 아가씨 같은 점원 NPC에게 인사를 하고 가게 안으로 들어갔다.

거기에는 처마 밑에 있던 꽃 외에도 원예용 아이템 등이 있었다.

꽃씨나 묘목 같은 소모품. 식물을 키우기 위한 크고 작은 화분 같은 용기. 식물을 키울 때 품질을 올리기 위한 비료 등, 다채로운 종류가 있었다.

"와아, 많이 있네. 저 큰 도구는 뭐야?"

에밀리는 사용법을 아는 도구를 무시하고 제일 눈에 띄는 도구 앞에 섰다.

반구형의 커버가 있고, 그 안에 접시가 놓여 있으며 마법 진이 그려진 쇳덩어리가 있었다. 여기에 처음 왔을 때 나도 비슷한 의문을 품었던 것이 기억났다.

"이건——시드 메이커야."

"시드 메이커? 시드라면 씨앗을 만드는 거야?"

"그래. 예를 들어서 약초 하나를 이 접시 위에 올려놓으면 그 씨앗을 만들 수 있어. 약초를 길러서 수확할 때 씨앗 하나와 약초 하나가 손에 들어오니까, 이론상으로는 씨앗이 있는 약초라면 더 불릴 수 있어."

"[연금] 스킬의 〈하위 변환〉과 같나. 하지만 뭔가 뒤가 있을 듯한 말인데?"

이론상이라는 말에 에밀리가 이쪽에게 의심 어린 눈길을 보냈는데, 맞는 말이었다.

"사실은 변환효율이 안 좋아. [연금] 스킬이면 하위 변환으로 1대2인데, 이쪽의 시드 메이커는 1대1이야."

"아, 그러면 [연금] 센스의 하위 호환이네."

실제로 [연금] 센스는 애초부터 효율이 안 좋은데 그 이하의 효율이라는 말에 에밀리는 미묘한 표정을 하였다.

"그럼 저 액자는?"

"그건——"그건 그린 프레임입니다.""

내가 대답을 못 하고 있자, 뒤에서 다가온 점원 NPC가 설명해주었다.

"최근 입하된 상품입니다. 이걸 뉘어놓고 틀 안에 씨앗을 심어서 세우면 입체적인 식물 인테리어가 됩니다."

지금은 새하얀 틀이지만 완성하면 이렇게 된다며 실물을

보여주었다.

약초가 틀에서 튀어나와서 태양을 향해 똑바로 성장하는 것도 있고, 구불구불 덩굴을 뻗은 식물이 틀에 덩굴을 얽어서 천연 예술을 만든 것도 있었다. 이끼나 잔디처럼 키 작은 식물이 액자 전체에 빽빽하게 난 것 등등 여러 종류가 있었다.

"이것들은 소형입니다만, 조금 더 커지만 묘목 등도 넣을 수 있지요."

"흐음, 윤 군이 몰랐다는 소리는 업데이트 후에 추가된 아이템 중 하나일지도 모르겠네."

왠지 득을 본 것 같다고 중얼거리며 에밀리가 이끼를 심은 틀을 쓰다듬듯이 만졌다.

습기를 머금은 이끼의 차가우면서 부드러운 감촉을 별생각 없이 즐겼다. 다음은 잔디의 까칠한 자극을 즐기고 또다시 이끼라는 식으로 집중하는 에밀리.

이거 꽤나 오래 가겠다 싶어서 나도 가게 앞이나 안의 꽃이나 나무들을 즐기며 에밀리가 만족하기를 기다렸다.

"충분히 즐겼어. 자, 화분을 사서 돌아가자."

"그린 프레임은 안 사게?"

"만지는 거라면 슬라임이나 동물 쪽 합성 몬스터로 충분해. 일단 돌아가자."

그렇게 말하고 점원 NPC에게 커다란 사이즈의 화분들을 구입하여 인벤토리에 넣었다.

화분에 넣을 흙과 비료는 내가 갖고 있으니까 일단 [아트리엘]에 들러야 했다.

다만 돌아가는 길에 에밀리는 [소재상]으로서 아이템 배달이 있어서 조금 돌아갔다.

그리고 몇몇 가게를 들러서 돌아다니며 아이템을 배달하다가, 에밀리의 지인인 생산직 플레이어의 가게에 들렀다.

"어서 와, [소재상]. 의논할 게 좀 있는데 괜찮을까?"

"무슨 일이야? [소재상]으로서의 일이라면 환영이야. 그전에 소재를 줘야지."

에밀리의 지인인 재봉사에게 재봉 계열 재료를 건넨 뒤, 나도 동석하여 이야기가 시작되었다.

"[소재상]. 이 아이템을 많이 준비할 수 있어?"

재봉 계열 아이템을 건네받더니 어떤 실타래을 꺼내는 생산직 여성.

"이건 뭐지?"

"아, 금속실이구나. 그것도 구리색이네."

에밀리가 고개를 갸웃거리는 한편, 나는 본 적 있는 소재의 이름을 중얼거렸다.

"어라, 그쪽 여자애는 정보가 빠르네. 잘 아는가 봐?"

"아니, 나는 남자니까."

"이번에 새로 나오기 시작한 소재야."

"어이, 내 말은 무시하기냐?"

그렇게 한소리해도 여성 생산직은 설명을 시작했다.

어느 몹이 드랍하는지, 어느 아이템의 생산물인지 알려지지 않은 신소재. 그렇게 의미심장하게 설명했지만, 사실 레티아의 사역 몹이 금속을 먹으면 토해내는 소재라는 걸 아는 나로서는 너무나도 과장된 내용에 죄다 폭로하고 싶어졌다.

"그러니까 이것과 같은 소재나 유사한 아이템이 필요해. 그걸 본 순간 여러 옷의 아이디어가 떠올랐거든!"

열기를 띤 여성의 역설에 나는 기가 죽었지만, 에밀리는 활짝 웃으면서 의욕을 드러내었다.

"후후후, 눈앞에 새로운 소재의 가능성이 제시되었으면 [소재상]으로서 어떻게든 성공시키고 싶어지네."

"오, 왠지 스위치가 들어갔다."

"금속처럼 강인하고, 비단처럼 부드러운 소재. 연접검의 채찍 부분에 적절한 소재야."

에밀리가 손에 든 구리실의 성질을 확인하면서 눈을 반짝였다. 에밀리도 역시 생산직이다. 자기 생산 분야에 관한 스위치가 있구나 싶어서 나는 시선을 흐렸다.

그리고 나는 에밀리가 어깨를 두드리는 바람에 정신을 차렸다.

"그래서 윤은 어떻게 그렇게 일찍 알고 있어? 오늘 막 나돌기 시작했다는데."

"어? 아니, 에밀리, 왠지 무서운데……."

"무서울 것 없어. 다만 [합성] 패턴에 기반이 될 만한 정보가 필요해. 그러니까 아는 걸 다 가르쳐줘."

"……예."

거스르지도 못하고 얌전히 고개를 끄덕였다.

그 뒤에는 배달을 마치고 [아트리엘]로 돌아온 뒤에 자세히 설명했다.

"그래, 금속실은 레티아의 라기에게서 나왔구나. 레티아 혼자만으로는 수요와 공급의 균형을 맞출 수 없어."

홍차를 한 모금 마시고 후욱 한숨을 내쉬는 레티아.

개장하여 밭쪽으로 낸 테라스에서 차를 마시면서 나는 NPC 쿄코에게 커다란 화분과 거기에 심을 묘목을 부탁한 뒤 에밀리에게 설명하였다.

"분명히 금속실 소재와 재봉 계열 소재의 조합은 내가 전부터 시험했어. 윤이 픽업한 소재의 조합은 일단 다 시험했지만 실패했어."

"이 중에서 9할이 실패인가."

그중에는 성공한 것도 있지만, 그건 금속실과는 다른 아이템이라고 했다.

"레티아가 입막음을 하지 않았다는 소리는 일이 귀찮아지는 걸 싫어하기 때문이겠지. 그리고 나한테도 정보를 전하기 위해서. 내가 어디 있는지 알기 어려우니까 찾지 않았던 거야."

그러면서 가면을 벗고 쓴웃음을 짓는 에밀리. 분명히 에밀리의 거점은 뒷골목이라서 알기 어렵지만, 단순히 전달

할 거라면 프렌드 통신이라도 가능하다. 그냥 단순히 몇 번이나 설명하기 귀찮았기 때문이 아닐까? 하는 생각이 들었다.

"그래. 일방적으로 정보를 캐낸 내가 할 말은 아니지만, 윤, 나랑 손잡고 [금속실]을 만들지 않을래?"

"[합성] 센스의 운용이 나보다 나은 에밀리가 도와준다면 든든하겠지만, 그래선 에밀리에게는 메리트가 없지 않아?"

"윤, 나한테 오는 메리트는 커. [합성] 레시피 제작은 고난의 길이거든."

수많은 소재를 조합하는 [합성]이나 [연금]을 쓰는 에밀리는 항상 소재와 돈과의 싸움이라는 모양이다.

자기 혼자서는 모을 수 있는 소재에 한계가 있다. 그걸 보충하기 위해 합성 몹이나 연금 몹 등의 동료를 늘리고 싸운다. 하지만 그걸 유지하는 데에도 소재가 필요하다.

자기 혼자서 하는 것에 한계가 있다면 다른 플레이어에게 받은 소재로 새로운 소재를 만들고 그걸로 이익을 내려고 해도 팔리는 소재의 레시피는 몇 안 된다.

또한 특히나 수요가 적은 소재나 난이도가 높은 몬스터 등은 소재 시장에 나도는 숫자나 가격을 볼 때 충분히 갖추기 어렵다.

"그러니까 같은 목적을 가진 플레이어들이 협력해서 하나의 레시피를 완성시켜. 이것만으로도 갈 수 있는 에어리어나 쓰러뜨릴 수 있는 몬스터가 늘어나서 지출이 줄지."

조용한 역설에 나는 감동하였다.

분명히 나는 처음에는 약했다. 혼자서 고전하였다. 지금도 고전하고 있다. 그리고 가게가 안정되기까지 금전 부족에 괴로워한 시기가 있었다. 소지금이 두 자리였던 시절이 떠올랐다.

그러니까 나는 나서서 협력을 제안했다.

"같이 애써보자! 아니, 나도 거들게 해줘!"

"고마워, 윤—— 사실 저번 가름 팬텀과의 싸움으로 합성 몹이나 연금 몹의 재고가 바닥을 드러내서 말이지."

"뭐라고?"

에밀리의 혼잣말은 중간부터 잘 알아들을 수 없었기에 되물었다.

"그래. 실의 샘플을 많이 모아야겠어. 내가 혼자서 못 모으는 소재는——."

에밀리가 말한 몇 종류의 몬스터. 우리는 얼른 그놈들을 사냥하러 가기로 했다.

●

우리가 모을 소재는 [알케니의 실주머니], 매지컬 실크의 천조각, 마죽목, 이렇게 세 종류였다.

각각의 입수장소는 전혀 다르지만, 그중 둘은 타쿠나 뮤우 같은 최전선 플레이어들이 [아트리엘]에 가져온 소재 중에 있었다.

그리고 유일하게 샘플 수가 부족한 소재, 알케니가 드랍하는 [알케니의 실주머니]를 손에 넣기 위해서 제3마을 부근의 광산 던전의 A지구 3층으로 내려가는 계단까지 왔다.

"으으, 이렇게 깊이 들어가는 건 오래간만인데."

길드 설립 퀘스트에서 보스와 싸우고 처음인데, 이번에는 그보다도 깊이 들어간다.

"윤. 준비 다 됐어?"

"오케이. 센스도 장비도 소모품도."

소지 SP 23

[활 Lv40] [장궁 Lv14] [하늘의 눈 Lv5] [속도 상승 Lv28]

[간파 Lv15] [마법재능 Lv46] [마력 Lv49] [부가술 Lv26]

[조약 Lv28] [요리 Lv27]

대기

[연금 Lv32] [합성 Lv33] [조금 Lv2] [수영 Lv13]

[생산의 소양 Lv34] [조교 Lv8][지 속성 재능 Lv19]

[언어학 Lv18]

다시금 스테이터스를 확인해보았지만 이걸로 싸울 수 있을지 걱정이 됐다.

"괜찮아. 제3층의 B지구랑 비교하면 A지구는 우리 레벨이라면 분명 괜찮아."

"그렇지만……."

광산 던전은 보통 던전처럼 최하층을 목표로 내려가는 타입의 던전이 아니다.

한 층 한 층이 넓고 복잡하며, 또한 출구가 여럿 존재한다.

제3층에는 알케니가 출현하는 A지구와 오크 계열의 몬스터가 대열을 짜서 공격해 오는 B지구가 존재한다.

A지구가 좁고 어둑어둑한 동굴이라면, B지구는 조명도 밝고 풀 파티가 난전을 벌일 수 있을 정도로 넓다는 등, 각각의 특징이 있다.

아직 최하층까지의 실태가 확실해지지 않은 광산 던전은 한 층 내려가는 것만으로도 난이도가 크게 변해서 긴장된다.

"자, 서 있기만 해도 달라질 거 없으니까 가자."

"으윽, 알았어."

마음을 굳히고 제3층으로 내려갔다.

동굴 던전 특유의 어두움도 [하늘의 눈]으로 성장한 센스의 암시능력으로 꿰뚫어 볼 수 있었다. 내려간 곳에는 우리가 찾는 몬스터인 거미인간, 알케니가 있었다. 가슴부터 위는 인간이고 가슴부터 아래와 하반신, 팔다리가 거미인 몬스터였다.

"왠지 생각 이상으로 인간 같지 않을지도."

"뭐, 이건 피라미 알케니고, 보스인 아라크네는 더 인간다운 느낌이니까."

따지고 보자면 알케니는 인간 3할, 거미 7할 정도다. 우리가 제3층에 내려가자 좁은 갱도의 천장을 따라 다가왔다.

"움직임이 변칙적이니까 조심해!"

"알았어!"

재주 좋게 천장에 달라붙은 알케니를 조준하여 화살을 날렸다. 알케니는 화살을 맞기 직전에 천장에서 다리를 떼고 자유낙하로 피했다.

"윤, 보조."

"〈인챈트〉——어택, 디펜스, 스피드!"

에밀리에게 세 종류의 인챈트를 걸어 스테이터스를 강화했다.

[쉬이이익!]

딱딱한 앞다리를 쳐들고 거미의 겹눈을 가진 인간의 얼굴로 이빨을 드러내며 위협해 오는 몬스터.

"하아압!"

대상단 자세로 휘두른 장검을 교차시킨 앞다리로 막아내는 바람에 대미지를 줄 수 없었다. 하지만 에밀리는 곧바로 물러나고, 움직임이 멎은 알케니를 향해 내가 화살을 날렸다.

"——〈궁기 — 단발꿰기〉!"

도망칠 곳이 적은 좁은 갱도에서 위력 있는 아츠를 써서 마무리 짓는다.

앞다리 사이를 빠져나간 화살은 인간의 동체 부분을 크게 파헤치면서 갱도 벽에 꽂혔다.

화살이 꽂힌 순간 멀리 떨어져도 전해지는 감각으로 부드럽다는 게 느껴졌고, 방어가 크게 흐트러진 알케니에게 에밀리가 다시금 달려들었다.

"합!"

장검으로 일격. 인간으로 치자면 목덜미를 베자, 알케니는 빛의 입자가 되어 무너졌다.

"…………."

"윤, 왜 그래?"

내가 방금 전의 부드러운 감각을 확인하듯이 손을 몇 차례 쥐었다 폈다 하고 있자, 에밀리가 이상하다는 듯이 물었다.

"동체는 꽤나 부드럽다고 할까, 대미지가 잘 들어갔으니까."

약점은 동체 부분일까. 다음에는 [요리] 스킬의 〈식재료의 소양〉으로 한 차례 더 조사해보자.

내가 혼자서 다음 전투의 수순을 생각하고 있자, 에밀리는 메뉴에서 알케니의 드랍템을 확인하였다.

"자, 첫 드랍은…… 알케니의 다리네."

"그거 쓸 데가 있어?"

"맛있다나 봐. 게 같다나."

인벤토리에서 긴 다리를 꺼내어 보여주었다. 분명히 생김새는 게 같지만, 인간의 요소가 들어 있다고 생각하면 식욕이 사라졌다.

"왠지 별로 먹고 싶지 않은데."

"무슨 소리야? 여태까지도 우리가 모르는 사이에 반인간 계열의 고기를 먹어왔어."

"정말이야?!"

"마찬가지로 제3층 B지구의 오크 고기가 그 대표. ATK 상승 요리가 되니까 꽤나 인기 있어."

아으으, 듣고 싶지 않았을지도. 그렇게 생각하면서 제3층을 탐색하였다.

통로가 좁아졌기 때문에 알케니가 무리를 지은 곳은 적었다. 또 두어 마리일 경우에는 내가 그중 한 마리를 화살로 공격해서 끌어들이고, 에밀리가 확실하게 쓰러뜨렸다.

덫이나 알케니의 기습도 [간파] 센스로 회피할 수 있다.

"역시 별로 세지 않네."

"센 건 보스인 아라크네와 특수공격이야. 봐, 접착실이 온다!"

알케니는 엉덩이를 이쪽으로 돌렸다.

그 발사구에서 하얀색의 점성이 강한 실을 분출하여 이쪽을 붙잡으려고 하였다. 하지만 접착실 공격은 직선 방향으로밖에 발사할 수 없기 때문에 옆으로 뛰어서 피할 수 있다.

처음에는 접착실의 발동을 탐지하면서도 효과 범위나 효

과를 몰랐기 때문에 내가 정통으로 맞았다.

끈적끈적한 접착실에 다리가 얽혀서 도망치지 못하는 나를 향해 주위의 알케니들이 일제히 덤벼들었다.

접착실에는 동족을 끌어들이는 효과라도 있는 건지, 상당한 숫자가 모여들었다. 에밀리가 혼자서 대처할 수 있는 숫자에도 한계가 있었다.

그때 혹시나 싶어서 저번에 만들었던 [제충향]을 피워보았다. 벌레를 쫓는 효과를 가진 향이니까 알케니에게도 통할지 몰랐다.

이때 거미는 곤충이 아니니까 효과가 없지 않을까? 하는 생각도 했지만 확실히 효과가 있었다.

이걸 쓰면서 접착실의 효과가 사라지기를 기다렸다.

중간에 그런 트러블을 겪으면서도 연대와 사냥의 효율화를 꾀하여 알케니를 한 마리씩 작업하듯이 쓰러뜨렸다.

"에밀리, 저쪽에 막힌 길에 보물상자가 있어."

"어, 그거 기쁜 소식이네."

광산 던전은 길이 크게 오르내리기 때문에 자신이 어디에 있는지 잃어버리기 일쑤지만, 보스에게 가는 큰길 이외에는 작은 샛길이 많이 있을 뿐이라서 큰길을 따라가면 길을 잃을 일이 없었다.

그리고 그런 샛길 안쪽에는 채굴 포인트나 보물상자가 있고, 이것들도 합성 소재로 삼기 위해 회수하였다.

"여기에는 뭐가 들어 있을까?"

"뭐, 그렇게 좋은 건 아니겠지만."

광산 던전의 제1층과 제2층의 보물상자는 평범한 보물상자지만, 이 층은 알케니들의 영역이기 때문에 그 생김새가 특이하게 고치 같은 모습이었다.

거미의 실로 만들어진, 두 손으로 얼싸안을 수 있을 정도 크기의 고치. 에밀리가 그걸 장검으로 찢듯이 열었다.

"……뭐, 기대해도 대단한 건 없어."

그렇게 말하고 고치 안에서 꺼낸 것을 보여주었다.

가죽갑옷과 알케니의 정강이바대, 그렇게 두 개의 장비였다. 가죽갑옷은 던전의 난이도보다 한층 떨어지는 성능이고 다소 레어한 정강이바대는 세트 장비이기 때문에 수집 요소가 강한 장비였다.

"죄다 우리가 안 쓰는 장비네. 에밀리는 어쩔 거야? 팔래?"

"필요 없으니까 팔 수밖에 없으려나. 하지만 세트를 다 맞춘다면 노점에서 팔기 쉬울지도 모르지만, 이것 하나만으로는 안 팔릴지도. 뭐, 안 팔리거든 최악의 경우 NPC에게 매각해야지."

마지막에는 쓴웃음을 지으며 그렇게 말했다.

그리고 놓칠 뻔했지만, 눈앞의 고치에 가려서 안쪽에 고치가 하나 더 있었다.

"에밀리, 보물상자가 하나 더 있어."

"어? 진짜다. 하지만 이렇게 가까이에 상자가 두 개나?"

너무 가까이에는 발생할 리가 없는 두 번째 보물상자가

이렇게 코앞에 있는 것을 의아하게 생각하면서도 에밀리가 장검으로 고치를 찢었다.

그리고 그 안을 확인하기 위해 고치를 들여다보니——.

"사람? 그렇다고 하기엔 작은데."

"등에 날개가 있는 걸 보면 요정?"

남색 머리칼과 날개를 가진 작은 인간형이었다. 가늘어서 금방 부러질 듯한 팔다리를 움츠리고 고치 안에 웅크린 채로, 날개만 호흡에 맞춰서 작게 움직였다.

이 모습을 보고 떠오른 것은 업데이트에 따라 발생하는 기간 한정 요정 퀘스트에 대한 이야기였다.

그리고 우리는 나비의 우화처럼 고치에서 빠져나와서 반짝반짝 인광을 발하며 날개를 펼치는 요정을 보았다.

"후아~, 여기 어디?"

졸린 듯한 눈으로 고개를 갸웃거린 요정은 날개에서 끊임없이 푸른색의 인광을 뿌리면서 어둑어둑한 동굴 안을 밝혔다.

"나는 물의 요정. 이름은 없어. 도와줘서 고마워."

"어, 응, 나는 윤."

"나는 지금은 에밀리오라고 불러줘."

가면을 쓰고 이름을 속이는 장비를 한 에밀리가 가명으로 자기소개를 했다.

"도움을 받은 김에 부탁이 있어. 우리 요정마을을 구해줄래?"

물의 요정이 갸웃거리던 고개를 반대쪽으로 기울이면서 의문형으로 부탁하는 동시에 퀘스트가 발생했다.

—— [한정 퀘스트 : 요정마을을 구해라(임시)]가 시작되었습니다.

안내문을 보고 예상했지만, 역시 한정 퀘스트 관련 요정이었다. 하지만 왜 퀘스트에 임시라는 말이 붙었을까.

"에밀리, 퀘스트가 시작되었어."

"그런가 봐."

—— [한정 퀘스트 : 요정마을을 구해라(임시) 1/4] ——

네 마리의 손토큰을 쓰러뜨려라. ——0/4

※정식으로 퀘스트를 수주한 플레이어의 동반자에게 발생하는 퀘스트. 퀘스트를 진행하면 정식으로 퀘스트를 수주할 수 있다.

퀘스트의 첫 단계로서의 설명문이지만, 임시가 붙은 것은 나뿐이고 에밀리는 정식으로 수주한 듯했다.

에밀리는 보다 자세한 정보를 얻기 위해 물의 요정에게 물었다.

"물의 요정. 자세한 이야기를 들려주겠어?"

게임의 기본인 NPC와의 대화를 통한 정보 수집. 요정은 나른한 눈치였지만, 전하는 말은 아주 또렷했다.

"우리가 사는 요정마을이 마물의 습격을 받아서, 요정마을과 요정여왕이 마물의 손에 떨어졌어요. 그러니까 마물을 쓰러뜨리고 우리를 구해주세요."

"그래. 그래서 우리는 뭘 하면 될까?"

"요정마을을 습격한 마물은 도망친 요정들을 붙잡기 위해 부하 마물을 만들어냈어요. 그러니까 그 부하들을 쓰러뜨려서 본체의 힘을 조금이라도 줄일 수 있으면 요정마을로 가는 길을 안내할 수 있어요."

이 요정은 퀘스트의 진행역이며 안내를 맡은 NPC일까. 에밀리와 나란히 그렇게 납득하였다.

물의 요정은 정식으로 퀘스트를 수주한 에밀리의 어깨에 앉아서 마물의 부하 중 하나가 이 광산 안에 발생했다고 가르쳐주었다.

"우리의 동료도 붙잡혔을지 몰라요. 그러니까 구해주세요."

"윤, 어쩔래? 당초 목적은 달성되었는데……."

"뭐, 할 수 있는 만큼 해볼까? 게다가 부탁을 받으면 거절하기 어려워."

가슴 앞에서 손을 모으고 눈시울을 적시며 부탁하는 물의 요정. 아무래도 조그만 아이의 부탁 같은 느낌이라 거절했을 때의 죄악감을 생각하면, 마물의 부하라고 하는 몬스터를 상대하는 쪽을 택했다.

"그럼 이쪽에 기척이 있어요. 안내할게요."

에밀리의 어깨에서 날아올라서 안내하듯이 갱도 안쪽으

로 날아가는 물의 요정.

●

몇 마리의 알케니를 쓰러뜨리며 나아간 곳은 이 광산 에어리어 제3층 B지구의 넓은 방이었다. 몇 개의 가는 길이 이어진 곳에는 알케니가 여러 마리 있었다.

"저게 마물의 부하? 나한테는 평범한 알케니로밖에 안 보이는데."

"나도."

설마 여태까지 쓰러뜨린 알케니와 마찬가지로 이 자리의 적도 쓰러뜨리면 되나, 라고 생각했을 때——.

"옵니다!"

물의 요정이 소리쳤다. 그 직후에 구구궁 하는 둔한 소리를 내며 방 전체가 흔들리기 시작했다.

나와 에밀리는 점차 커지는 진동에 바닥에 손을 짚으며 버텼다.

서 있을 수도 없는 강한 진동 속에서 바닥에서 녹색 식물이 생겨났다.

"꺄악! 식물?"

녹색의 굵은 가시덩굴은 지면을 두들기듯이 날뛰며 거의 모든 알케니를 때리고 쓰러뜨렸다. 그중에 남은 유일한 알케니의 등에 가시덩굴 끝이 깊게 꽂혔다.

"왠지 그로테스크하네. 특히나 알케니에게 인간의 요소가 남아 있으니까 더더욱."

나는 얼굴을 찌푸리면서 눈앞의 참극을 바라보았다.

게임이니까 다행이지만, 여기서 피보라라도 튀었으면 괜히 더 기분 더러웠을 것이다.

하지만 눈앞의 변화는 다른 의미로 기분을 더럽게 만들었다.

"──가시덩굴이 침식하고 있어."

어둑어둑한 동굴 안에서 눈을 부릅뜨고 바라보는 에밀리. 내 [하늘의 눈]의 암시능력으로 또렷하게 보이는 침식 광경에 나는 얼굴에서 핏기가 확 가시는 걸 느꼈다.

등에 꽂힌 가시덩굴이 알케니의 내부에서 자라서 가느다란 덩굴이 피부 밑에 녹색 혈관처럼 뻗었다. 덩굴의 생장에 따라서 경련하듯이 거미의 다리가 덜덜 떨리고, 몸이 부풀어서 처음의 두 배 이상 크기로 커졌다.

그리고 인간의 가슴에 작은 덩굴이 나타나고, 거기에 빨간 장미꽃이 피었다.

"──[손토큰]이라."

몬스터의 이름이 알케니에서 손토큰으로 바뀌고, 고개를 힘없이 추욱 늘어뜨렸다. 마치 인형 같은 알케니의 손토큰은 거미의 다리를 사용하여 크게 도약했다.

"?! 회피!"

에밀리는 재빨리 오른쪽으로 뛰고, 나는 왼쪽으로 뛰어서 피했다.

손토큰은 알케니를 뛰어넘는 질량과 기민함을 가지고 우리를 공격했다.

"큭?! [인챈트]——스피드!"

지면을 크게 파헤치는 중량으로 휘두른 앞다리 공격이 그대로 방바닥을 깨뜨리고 파편을 날렸다.

손토큰의 표적이 된 나는 추격을 받았다. 활을 겨눌 틈도 없는 연속공격을 필사적으로 피했다.

"윤?!"

"이쪽은 괜찮아!"

재빨리 인챈트로 속도를 강화했기 때문에 대응했지만, 언제까지 계속 회피하고 있을 수도 없다.

장궁처럼 빠르게 방향 전환이 힘든 무기는 근거리에서 쓸수 없고, 내 근접무기는 하나 같이 빈약하다.

"하압!——〈클러킹〉!"

에밀리에게 등을 돌린 손토큰은 그 등에 연접검의 강렬한 일격을 받았다.

하지만 연접검으로 등을 세게 얻어맞았나 하는 순간, 손토큰의 몸이 뒤로 크게 물러나서 에밀리의 공격이 허공을 베었다.

"뭐지, 지금 그 움직임……."

"가시덩굴이 지면에 숨어서 끌어당긴 거야. 귀찮겠어."

등부터 침식한 덩굴이 방 중앙에서 나와서 손토큰과 이어져 있었다.

덩굴을 자유자재로 늘렸다 줄였다 하면서 숙주를 변칙적으로 다루지만, 반대로 덩굴과 가까운 등을 향한 공격을 꺼리는 것처럼 보였다.

"시험해볼까. ——〈봄〉!"

예전 센스에서부터 이어진 [하늘의 눈]의 뛰어난 타기팅 능력으로 뿌리 부분, 절대로 움직이지 않는 한 점을 표적으로 삼아서 폭파했다.

지 속성의 최하급 마법이지만, 그 일격을 받아 알케니의 몸이 순간 굳었다.

"잘했어. 어딜 노려야 할지 알면 해볼 만해. ——〈스네이크 바인드〉!"

에밀리가 휘두른 연접검이 지면을 기듯이 접근해서 덩굴의 뿌리에 휘감기고 참격의 대미지를 차근차근 입혔다.

강화된 알케니와 맞서 싸우는 건 귀찮지만, 어딜 노려야 할지 알면 대처할 수 있다.

다시금 알케니의 몸이 크게 도약하더니 나를 향해 떨어졌다.

몇 번이나 같은 수에 걸리진 않는다고 생각하며 왼쪽으로 피하는데——

"뭐?!"

덩굴과 이어진 몸이 공중에서 직각으로 구부러졌다. 마치 휘둘린 것처럼 불가능한 각도로 움직여서 이쪽을 향한 알케니가 나를 덮쳤다.

"윤, 지금 도와줄 테니까!"

"에밀리, 늦었어!"

덩굴 뿌리부분을 붙잡은 연접검의 금속 조각이 덩굴의 표면을 갈기갈기 찢으면서 휘감았지만, 손토큰의 공격이 더 빨랐다.

생기 없는 인간의 입이 크게 벌어지자, 그 안에는 가느다란 덩굴이 빼곡하니 꿈틀거렸다.

등에 좌악 하고 오한을 느낀 다음 순간, 알케니가 날 짓누르고 덩굴이 꿈틀대는 입으로 내 어깨를 물어뜯었다. 가느다란 덩굴이 어깨부터 내부에 파고드는 무시무시한 감각에 사로잡혔다.

"큭?! 에잇, 떨어져!"

활에서 손을 떼고 허리의 벨트에 달아둔 [요리] 스킬의 식칼을 역수로 들어서 오른쪽부터 찌르자, 손토큰이 순간 움츠러들며 공격이 약해졌다.

"이거라도 먹어. ――[봄]!"

나는 왼손에 [봄] 매직 젬을 잔뜩 움켜쥐어 덩굴이 꿈틀대는 입 안에 쑤셔넣고, 입이 닫히도록 턱을 차올린 뒤에 발동시켰다.

순간적으로 인간의 머리를 노란색 폭발이 감싸고, 머리를 쥐어뜯듯이 날뛰었다.

"윤, 괜찮아?!"

"응, 대미지를 입었지만 괜찮아."

달려온 에밀리의 부축을 받으면서 상체를 일으켰다. 물린 부분을 만져보니 딱히 별일은 없지만 기분이 많이 더러웠다.

인벤토리에서 하이포션을 꺼내어 물린 장소에 끼얹자, 물린 것과 목덜미에 침입당한 대미지가 회복되었다.

그렇기는 해도 [봄]의 폭발이 잦아들고 완전히 어그로가 나에게로 쏠린 알케니의 손토큰을 보며 한숨을 내쉬었다.

"그렇게 대미지를 받은 것도 아니야. 왜 저렇게 쌩쌩하지?"

"저 녀석이 운을 깨무는 동시에 HP가 회복됐으니까 HP 흡수 공격이 아니었을까?"

"귀찮네. 뭐, 모든 공격이 그런 건 아니니까 그것만 조심하면 될까?"

적의 공격 패턴은 알케니의 움직임을 기본으로 하였다. 하지만 덩굴의 움직임이 추가되어서 때로는 예상 밖의 거동을 보인다. 하지만 눌려 쓰러져서도 빠져나올 수 있었으니까 파워는 대단치 않다. 몇몇 아이템을 이용하면 대응할 수 있겠지.

"에밀리, 제안 하나. 내가 미끼를 맡을 테니까 그동안에 덩굴 공격을 맡겨도 될까?"

"괜찮아? 평범하게 전위와 후위로 나뉘는 편이 낫지 않아?"

"나로는 덩굴의 움직임에 대응할 수 없으니까 에밀리한테 맡길게. 그 틈에 나는 도망치면서 계속 관찰할게."

나한테서 에밀리에게 타깃이 넘어가더라도 저 변칙적인 움직임에 대응할 수 있을 것 같지 않다. 그렇다면 내가 최대한 시간을 벌고 에밀리가 덩굴 본체를 공격한다.

"……알았어. 그럼 힘내."

"글쎄, 근접전투는 익숙하지 않지만 되는 데까지 할까. [인챈트]──디펜스, 스피드."

방어와 속도 인챈트로 내구전용 강화를, 거기에 SPEED 스테이터스를 강화하는 강화환약을 사용했다.

식칼을 들고 상대의 움직임을 살피자, 마찬가지로 거미 다리로 높게 도약해서 덤벼들었다.

일찌감치 회피하면 공중에서 덩굴을 사용한 궤도 수정이 온다. 너무 늦으면 그대로 짓밟히는 상황, 그 아슬아슬한 타이밍을 판단하여 뒤로 피했다.

회피 직후, 나를 공격하려고 다리를 휘두르는 손토르큰. 하지만 나는 그 단조로운 공격을 여유롭게 피했다.

뒤에서는 에밀리가 굵은 덩굴을 연접검으로 베면서 대미지를 쌓았다.

나는 멈추지 않도록 조심하면서 계속 피했다.

"헉, 헉, 타쿠나 다른 이들은 대단하네. 이런 걸 재미있게 하다니."

근접전투를 별로 하지 않기 때문에 조금씩 내 움직임이

둔해지기 시작했다. 손토큰의 발톱이 긴 흑발에 스치고 방어구를 긁었다.

그래도 급소에 맞을 만한 공격만큼은 식칼을 사용하여 궤도를 바꾸어 치명상을 피했다.

"이러다간 언젠가 당해. 에밀리, 얼른 좀 해줘."

기도하듯이 중얼거렸지만, 손토큰의 움직임이 순간 멎었다. 뭔가 있나 싶어 경계하기 위해 내가 발을 멈춘 것이 화근이었다.

엉덩이를 들이대는 모션이라 접착실의 발사 모션임을 깨달았다.

발사된 접착실은 똑바로 내가 서 있는 장소를 향했다.

이걸 맞으면 절대로 도망칠 수 없다. 그러면 나는 확실하게 패하고 에밀리는 혼자 싸우게 된다.

평소라면 이렇게 눈으로 보고 느긋하게 생각하지 않는다. 하지만 지금 이 순간만큼은 왜인지 주위의 시간이 다소 느리게 흐르는 것처럼 느껴졌다.

'이건——.'

마치 물속을 걷는 듯한 감각으로 한 걸음 앞으로 나섰다.

몸을 앞으로 쓰러뜨리듯이 한 걸음 내딛자, 시간의 흐름이 원래대로 돌아왔다.

그 한 걸음 사이에 나는 몸을 낮추고 전진하여 접착실을 종이 한 장 차이로 피했다.

"윽! 하압!"

이걸 기회로 보고 손토큰에게 단숨에 다가갔다.

"먹어랏!"

"——〈윕 스플래시〉!"

내가 접근해서 식칼을 가슴에 핀 장미에게 꽂는 것과 동시에 에밀리의 강렬한 채찍 계열 아츠가 들어갔다.

어느 공격이 결정타가 되었는지는 모르지만 힘없이 쳐진 알케니의 몸에서 덩굴이 끊어지고 지면으로 들어갔다.

그 뒤에는 손토큰의 빈 껍질로 변한 알케니의 몸이 남았다.

"해냈습니다. 마물의 부하 하나를 쓰러뜨렸습니다. 수고하셨습니다."

"고마워."

쓰러진 알케니의 몸 앞에 털썩 주저앉는 나. 접착실 공격 직전에 주위의 움직임이 느리게 보인 순간이 있었다. 여태까지 이런 일이 없었는데, 뭐가 원인일까? 그렇게 생각하면서 이마에 손을 대다가 깨달았다.

"혹시 이 눈은 이런 방향으로 진화한 걸지도."

센스 [매의 눈]에서 성장한 [하늘의 눈]은 [매의 눈]에게서 이어받은 암시능력이나 원시능력, 타기팅 능력, 새롭게 손에 넣은 〈공간 계열〉 보조 스킬 외에도 숨겨진 능력이 있을지도 모른다.

"윤이 피해줘서 다행이야. 난 늦었나 싶었어."

내가 눈에 집중하고 있자, 에밀리가 안도의 미소를 지으면서 어깨에 물의 요정을 앉히고 위에서 내게 치하의 말을 건네 왔다.

우리가 서로의 무사를 확인하자, 물의 요정이 에밀리의 어깨에서 날아올랐다.

"이걸로 요정마을을 습격한 마물의 힘을 깎아냈어요. 그리고 동료를 해방해줘서 고마워요."

"그러고 보면 그 동료라는 건——."

어디에 있어? 하고 물으려는 순간, 눈앞의 덩어리가 안쪽에서부터 움직였다. 뭐지? 싶어서 응시해 보니 방금 쓰러뜨린 알케니의 손토큰이었다. 보통 몹은 쓰러진 순간 빛의 입자가 되어 사라지는 것과 달리 아직도 남아 있었다.

"뭐, 뭐야——."

내가 웅크려 앉은 자세에서 일어서려는 순간, 알케니의 잔해를 뚫고서 뭔가가 튀어나왔다. 그것은 똑바로 내 얼굴 쪽으로 날아왔다.

끈적한 감촉과 함께 얼굴에 달라붙는 미지근한 존재.

알케니의 잔해에서 녹색 체액이 흘러내리는 동시에 빛의 입자로 변해 사라졌다.

"구해줘서 고마워! 나는 바람의 장난꾸러기 요정이야! 잘하는 것과 좋아하는 건 장난이야! 잘 부탁해."

얼굴에 달라붙은 물체를 떼어내어 손에 들어보니, 기운차게 손을 흔드는 녹색 점액에 젖은 인간형 요정이 있었다.

"……체인지."

"너무해! 나는 너를 따라가며 인도해줄 테니까 감사하

라고!"

아니, 만나자마자 정체 모를 점액이 묻은 요정에게 태클을 먹어도 기쁘지 않다.

"에밀리, 도와줘."

"뭐, 퀘스트의 안내인을 손에 넣은 거니까 좋은 일 아냐?"

에밀리가 쓴웃음을 흘리는 한편, 어깨에 앉은 태연한 얼굴인 물의 요정이 물을 만들어내서 나와 바람의 장난꾸러기 요정에게 묻은 점액을 씻어주었다.

그동안에도 바람의 요정은 장난이라는 이름으로 내 얼굴에 물을 날리거나 했는데, 짜증나는 짓은 관둬주었으면 싶다. 장난꾸러기 바람의 요정이라니 불안할 뿐이다.

"샤아아아아——."

""어?!""

퀘스트 목표인 손토큰을 쓰러뜨려서 마음이 풀어져 있었다. 마지막에 발사된 접착실이 알케니의 특수기 중 하나라면 주위의 알케니를 불러 모으는 효과가 있었다.

그리고 이 작은 방의 세 개의 출입구 중 두 개에 새로운 알케니가 도달하였다.

"이런. 퇴로가 막혔어!"

"윤, 그거! [제충향]을 던져!"

"그건 얼마 안 만들었으니까 이제 없어!"

"그럼 정면에서 강행 돌파하는 수밖에…….."

에밀리가 연접검을 들고 알케니와 대치하였다. 나도 활을 들고 언제든지 쏠 준비를 갖추었지만, 내 머리에 앉은 장난 꾸러기 요정이 머리카락을 잡아당겼다.

"저기, 저기."

"뭐야, 지금은 바빠."

"나, 출구 알아."

"——뭐?"

"나는 바람의 요정이야. 바람의 흐름으로 출구를 알아! 따라와!"

그렇게 말하고 내 머리 위에서 날아오른 바람의 요정은 알케니가 오지 않은 통로 쪽으로 날아갔다.

"에밀리……."

"지금은 믿고 따라가자!"

뒤에서 알케니의 공격을 받지 않도록 경계하면서 에밀리 와 함께 장난꾸러기 요정의 뒤를 쫓았다.

오른쪽으로, 왼쪽으로 갈림길을 나아갔다.

뒤에서 알케니가 우리를 붙잡으려고 접착실을 쏘고, 실이 가진 동료 유인의 효과로 알케니들이 더 불어났다.

"히이이익! 지면을 기듯이 달려오는 알케니가 무서워어 어어!"

"왠지 호러 영화에서 저런 게 있었지. 네 다리로 낮은 위 치에서 달려드는 녀석."

개인적으로 말하자면 엑소시스트 영화에 나오는 악령 들 린 사람 같다. 그게 좁은 갱도 안에서 몰려드는 것이다.

"자, 이제 곧 출구야!"

"좋아. 이제 빠져나갈 수 있겠어!"

나는 빛이 비치는 출구를 향해 더욱 달음박질 속도를 올려서 에밀리와 함께 빠져나갔다.

거기에는――좁은 나무발판과 절벽 맞은편까지 걸쳐진 굵은 와이어가 한 줄 있을 뿐이었다.

"자, 그거 들고!"

장난꾸러기 요정이 가리킨 곳에는 훅과 로프로 만들어진, 신체 단련장에 있는 것보다 거대한 타잔 로프가 준비되어 있었다.

이걸 쓰라는 소리겠지. 에밀리와 각각 하나씩 들고 와이어에 걸었다.

"그럼 간다!――〈바람이여, 불어라〉!"

나와 에밀리의 준비가 끝난 것을 보고 장난꾸러기 요정은 내 후드 안으로 들어가서 바람을 만들어냈다.

그 바람은 그대로 우리의 등을 밀어주었다.

우리가 나온 절벽보다 낮은 위치에 있는 맞은편 절벽을 향해 단숨에 미끄러지는 우리는 떨어지지 않도록 필사적으로 로프에 매달렸다.

바람이 뺨을 어루만지는 속도가 즐거운지, 후드에 들어간 장난꾸러기 요정이 귓가에서 즐겁게 웃어댔다.

"야호~! 저거 봐! 적이 먼지 같아! 아하하하하――."

장난꾸러기 요정이 가리키는 곳을 올려다보니 우리가 있

던 광산의 작은 출구에 알케니가 몰려와서 줄줄이 늘어서 있었다. 그게 점점 작아져서 정말로 먼지처럼 보였다.

"하아, 끝났구나."

"아하하하, 바람이 기분 좋아! 나는 바람이야!"

후드 안에서 고개를 내밀고 귓가에서 시끄럽게 웃어대는 장난꾸러기 요정. 탈출에 성공하여 마음에 여유가 생겼는지 나도 로프에 달라붙어서 바람과 풍경을 즐겼다.

왠지 이상한 요정이 달라붙었지만, 의외로 재미있어질지도 모르겠다는 예감이 들었다.

2장   장난꾸러기 요정과 요정 퀘스트

"우우, 겨우 돌아왔다."

[아트리엘]로 돌아온 나와 에밀리는 힘없이 근처 의자에 앉아서 카운터에 풀썩 엎어졌다.

탈출 로프 액션은 처음에는 바람이 기분 좋았지만, 서서히 가까워지는 맞은편 절벽에 격돌하는 게 아닐까 하는 공포를 느꼈다. 하지만 판타지 세계답게 물리법칙을 무시한 감속으로 충돌 직전에 정지해서 에밀리와 함께 안전히 내려올 수 있었다. 하지만 두 사람 모두 미묘한 표정을 하였다.

"애초에 그건 뭐였지?"

나는 [아트리엘]로 돌아올 때까지 거의 말이 없었지만, 여기에 와서야 의문을 말하였다.

"흔히 있는 단축 코스 아냐? 던전의 일정 에어리어를 연결하는 워프 장치 같은 거야."

던전은 복잡하고, 안쪽으로 들어가면 갈수록 왕복에 시간이 걸린다. 돌아오는 길만이라도 쉽게 귀환할 수 있도록 하는 단축 코스 중 하나라는 예측이었다.

"뭐, 포털과는 다른 콘셉트의 기믹이야."

"그러면 조금 더 마음의 부담이 적은 장치로 해줬으면 해."

"뭐, 스릴을 목적으로 한 놀이기구의 일종일지도."

그렇게 말하면서 다소 피로 어린 미소를 짓는 에밀리.

여러모로 질리지 않도록 연구했다고 생각하면서도 가게 안을 날아다니는 요정을 향해 나란히 시선을 보냈다.

"아하하하! 인간의 둥지는 재미있어! 왠지 이상한 게 많아!"

"식물이다. 식물을 키우는 거 좋아해. 물 관리는 내가 할래."

나를 따라온 장난꾸러기 요정은 가게 안을 자유롭게 날아다니면서 이것저것을 만졌다. 에밀리를 따라온 물의 요정은 화분에 옮겨 심은 도등화 묘목에 흥미를 보였다.

"뭐, 놔둬도 문제없을까?"

"그래. 그럼 소재의 확인과 [합성] 준비를 하자."

그렇게 말하고 나와 에밀리는 [알케니의 실주머니]를 시작으로 하는 드랍 아이템이나 광산에서 채굴한 광석을 꺼냈다.

그 외에도 [아트리엘]에 재고로 준비된 매지컬 실크 조각과 마죽목의 섬유실 같은 소재와 합성을 위한 광석과 주괴를 꺼냈다.

"아아?! 뭐 하는 거야! 너희 뭐 하는 거야! 나도 할 수 있는 거야?!"

"소재의 [합성]이야. 너흰 할 수 있는 게 없을 테니까 이거라도 먹어."

시끄럽게 날아다니는 장난꾸러기 요정에게 인벤토리에서 꺼낸 꾸러미 하나를 내밀었다. 그건 어제 만든 쿠키를 예쁘게 포장한 것이었다. 장난꾸러기 요정은 이걸 받긴 했지만 무게를 이기지 못해 서서히 낙하하였다. 그걸 본 물의 요정이 거들어주어 둘이서 카운터 쪽으로 착지하였다.

"아아?! 인간의 과자다! 요정마을에서는 못 먹는 단 음식!"

"달콤한 꽃의 꿀도 좋지만, 인간의 과자는 희소가치. 맛있겠어."

둘이서 협력하여 꾸러미를 풀더니 버터 쿠키에서 풍겨나는 향기를 즐겼다. 방금까지 시끄럽던 요정들이 조금 조용해져서 우리는 합성 작업으로 돌아갔다.

"에밀리, 이걸 금속과 합성하면 될까?"

"일단은 밑준비가 필요해. 그대로면 실패해."

"정말로?"

그렇게 말하며 나는 손에 든 마죽목과 구리광석을 일단 카운터에 내려놓고 에밀리에게서 설명을 들었다.

"일단은 매지컬 실크 조각의 처리 말인데, 처음에는 열 장으로 [연금]해서 [매지컬 실크의 직물]을 만들어."

그렇게 말하며 얼른 매지컬 실크 조각 열 개를 [연금] 스킬의 상위 변환을 통해 비단 직물 하나를 만들어냈다.

이 매지컬 실크를 드랍하는 몹은 던전을 내포한 제4마을 [미궁마을]의 노멀 던전에 출현하는 매지컬 로브.

상태이상을 다용하는 던전이기 때문에 대책이 없으면 고생하는 곳이라 그리 많이 나돌지 않지만, 이전에 타쿠가 귀찮다면서 대량으로 팔러 왔기에 매입한 소재였다.

"예쁘네. 이대로 벽에 걸어도 괜찮을지도."

"그런 가게도 있어. 봐——."

에밀리는 그렇게 말하며 그 가게의 스크린샷을 보여주었다.

광택을 띤 직물을 가게 전체에 걸어서 간접 조명으로 삼았다. 양초의 희미한 불빛을 반사하여 부드러운 공간을 만들어낸 멋진 디자인의 가게였다.

"아, 이야기가 탈선했네. 그렇게 만든 [매지컬 실크의 직물]을 다시금 [연금] 스킬의 하위 변환으로——."

원래의 조각으로 되돌리는 건가 싶었는데, 그렇게 해서 나온 것은 실크 실뭉치 두 개.

"이런 느낌으로 [매지컬 실크의 실뭉치]가 나와. 이런 드랍 아이템을 일단 [연금]으로 소재 가공하기 쉬운 아이템으로 되돌릴 수 있어."

"가르쳐줘도 돼? 꽤 중요한 거 아냐?"

"문제없어. 그렇다기보다는 소재를 만들기 위한 필요정보야."

그 외에도 보물상자에서 나오는 금속조각 등은 주괴와 광석의 중간 아이템인데, 그대로는 가공이 어렵다. 그러니까 일단 [대장]이나 [세공] 계열 센스를 가진 사람이 녹여서 주괴로 다시 만든다. 그게 안 되는 [연금] 센스 소유자는 세 개를 모아서 주괴로 연금한다.

그랬던 건가. 항상 광석과 마찬가지로 녹였으니까 몰랐다.

그리고 다음에 사용할 마죽목 말인데, 이건 구두로 설명

하고 내게 일임하였다.

"그래. 나한테 딱 맞네."

[아트리엘]의 공방에 들어가서 장식품 제작을 위한 휴대용 화로에 불을 켜고 약한 불길로 가열한 화로 안에 마죽목을 넣었다.

약한 화력으로 천천히 마죽목을 가열하였다. 화로의 불이 꺼지지 않도록 투입하는 분량에 주의하면서 준비한 마죽목을 집어넣었다.

불길에 달궈져서 푸른 대나무의 가장자리가 탄화하여 검은색으로, 그리고 완전 연소의 하얀색이 되어 화로 안에 차곡차곡 재를 쌓았다.

"이런 거면 될까?"

완전히 타버린 재를 긁어서 미리 준비한 양동이 안에 녹였다.

물에 녹은 재 안에서 떠오른 검은 섬유를 모아서 다른 양동이의 물로 깨끗하게 씻었다.

마죽목에서 극히 소량 채취되는 튼튼한 섬유인 [뱀부 파이버]다. 그리고 남은 알케니의 실주머니도 [재봉] 계열 생산직에게 맡기면 실로 가공해준다.

"준비된 대나무에서 이 정도밖에 안 나왔으니까 귀중하네. 에밀리 쪽도 끝났을까?"

모든 대나무에서 섬유를 뽑아내어 실뭉치로 모은 나는 그걸 들고 [아트리엘]의 점포로 돌아갔다.

"에밀리, 그쪽은 어때?"

"윤, 이쪽도 처리 끝났어."

모든 매지컬 실크는 실로 변환되어서 깨끗하게 정리되었다.

요정들은 쿠키를 다 먹고 밭을 견학하러 갔는지, 활짝 열린 창문 밖에서 날아다니는 게 보였다.

"그럼 남은 건 [알케니의 실주머니]로군."

"그건 아는 생산직에게 맡겨서 가공한다고 치고, 실주머니의 가공에 하루, 합성에 하루니까 이틀은 기다려줘."

"그럼 모레까지 시간이 있나——."

결과는 바로 나오지 않으니 어쩔 수 없다. 그렇게 생각하면서 기지개를 켰다.

시간이 있다고 말하는 동시에 어느 스킬이 강제 발동되었다.

인벤토리 안의 소환석에서 소환. 아니, 억지로 튀어나온 새끼들이 내 옆에 출현했다.

"——뤼이. 자쿠로."

최근 이벤트나 레이드 퀘스트 준비로 불러낼 기회가 적었으니까 알아서 튀어나온 걸까 싶었다.

[조교] 센스로 얻는 사역 몹은 에밀리의 연금 몹이나 합성 몹과 비교해서 자율성이 높다. 그렇기 때문에 장시간 불러

내지 않거나 소환 횟수가 적으면 억지로 튀어나오는 경우가
있다.

이 경우에는 보통 전투와 관계없는 타이밍이라서, 이번에
는 [시간이 있다]는 말이 이유가 되어서 나왔겠지.

"미안, 다음에 같이 산책이라도 가자."

이쪽에게 목을 비비는 뤼이와 자쿠로를 각각 쓰다듬어주
었다.

뤼이의 살랑거리는 갈기와 자쿠로의 윤기 있는 털을 확인
하였다.

"아, 풀이 많았어! 그리고 작은 꽃이나 예쁜 나무도! 인간
은 숲에 있는 것을 키우는구나!"

활짝 열린 창문에서 날아온 바람의 장난꾸러기 요정은 그
대로 우리의 모습을 보고 공중에서 굳었다.

"뭐, 뭐야! 그 생물!"

"윤의 요정은 기운이 넘치네."

"그냥 시끄러울 뿐이라니까."

에밀리는 흐뭇하다는 시선을 보냈지만, 나로서는 얌전한
요정이 더 나았다.

"내가 먼저 이 인간한테 달라붙었으니까! 내가 선배니까!"

뤼이와 자쿠로의 주위를 날아다니는 요정은 뤼이보다도
체구가 작은 자쿠로의 눈앞에서 멈서서 소리쳤다. 하지만
그걸 듣고 자쿠로가 요정의 목덜미를 핥았다.

"우와?! 뭐야! 나는 장난을 좋아하는 바람의 요정이야! 장

난칠 거니까! 그렇게 함부로 대하지 마!"

손을 버둥거렸지만 곧 무력하게 자쿠로의 입에 덥석 물렸다.

"우우, 나를 먹어도 맛없어."

"아니, 자쿠로는 안 잡아먹어."

그렇게 한마디 하자, 자쿠로는 장난꾸러기 요정을 입에 문 채로 [아트리엘]에서 가장 볕이 잘 드는 장소로 걸어갔다.

그대로 두 꼬리를 껴안듯이 배에 붙이고, 그 꼬리에 요정을 내려놓고 잠들었다.

"왠지 뤼이 같아."

작게 중얼거리자, 내게 가볍게 박치기를 하는 뤼이. 하지만 요정의 몸이 작기 때문에 깔아뭉개지 않도록 자기 옆에 놔두는 모습은 똑같았다. 마치 오빠 흉내를 내는 동생 같아서 미소가 나왔다.

"나는 요정이라고. 이렇게 매력 넘치는 푹신함이 있으면 ──후와아아아."

벌써부터 두 꼬리의 푹신함에 매료된 요정. 윤기 있는 그 털 사이에 파묻혀 몸이 보이지 않았다.

"그러고 보면 내 물의 요정은 어디에 있지?"

"왠지 다른 인간과 함께 식물에 물을 주고 있어~."

자쿠로의 몸속에 파묻혀서 기어들어 가는 목소리로 에밀리의 질문에 대답하는 장난꾸러기 요정.

이 [아트리엘]에서 나와 에밀리 이외의 인간이 있다면

NPC 쿄코뿐이다.

장난꾸러기 요정은 에밀리의 질문에 대답하더니, 곧 규칙적인 숨소리를 내기 시작했다. 뤼이도 나란히 같은 장소에서 잠들었다.

"마음이 푸근해지는 광경이네. 윤도 자고 올래?"

"분명히 지금은 그러고 싶은 기분이지만, 그 전에 [합성] 밑준비만이라도 끝내둘까."

나는 섬유 계열 소재와 주괴 외에도 [재봉] 센스에 사용된다고 주워들은 범용 소재 몇 개를 에밀리에게 건넸다. 최근 발견한 대표적인 소재는 [소생약]의 소재 중 하나인 [생명의 물]을 포함하였다.

그것들을 에밀리에게 주는 것으로 회의가 일단 끝났다. 그것들을 인벤토리에 갈무리하였다.

"호오, [알케니의 실주머니]에 [매지컬 실크의 실], [뱀부 파이버]와 다수의 소재라. 다음에 [재봉] 계열 소재라도 만들 건가?"

[아트리엘]의 입구에 들어온 그림자가 이쪽 소재를 정확하게 읽었다. 그쪽에 시선을 돌리자 망토를 두르고 어깨에 새끼 고양이를 올린 플레이어, 클로드가 서 있었다.

"오, 클로드. 어서 와. 어쩐 일이야?"

똑바로 카운터를 향해 걸어온 클로드는 순간 거기 놓인 소재들을 관찰하면서 눈을 가늘게 떴다.

"흠. 일단 뭘 만들려는 건지 내가 물어봐도 문제없을까?"

"그래, 최근 나도는 금속실을 윤이랑 공동으로 합성하려고."

"그게 완성되면 소재를 주문하고 레시피를 구입하지. 이쪽도 [생산 길드]의 길드장이니까. 누가 가져온 건지는 알고 있지만, 공급이 수요를 쫓아가지 못하는 상태다."

나는 클로드의 말에 역시 클로드는 금속실의 출처가 레티아라는 걸 안다고 생각했다. 그리고 레티아와의 교우관계가 있는 우리가 [재봉] 계열 소재를 모은다면 자연스럽게 금속실 관련이라고 상상할 수 있겠지.

"소재의 주문이라면 합성소재의 반입까지 포함한다면 받아들이겠는데, 레시피의 구입은 기각."

그렇게 말하며 카운터에 놓인 소재를 에밀리가 인벤토리에 넣고, 나는 3인분의 차를 준비했다.

"일단 이유를 물어볼까?"

"이유는 두 가지. 첫 번째는 레시피를 바로 공개하면 다들 만들 거 아냐. 우리가 팔 수 없잖아. 그러니까 하다못해 연구비로써 들인 소재 비용을 회수할 때까지는 공개를 삼가자는 거지."

그 대답에 납득한 건지 클로드는 고개를 끄덕였다. 나도 마찬가지로 끄덕였지만, 어느 쪽이냐면 감탄이라는 느낌이었기 때문에 두 사람에게서 '당사자가 왜 수긍하는 건데?'라는 새된 시선을 받았다.

"봐, 윤은 자각이 없다니까. 뭐, 됐어. 두 번째 이유는 윤과 나의 공동제작이니까. 윤도 합의가 되어야지."

"과연. 그럼 시기가 오면 윤과 [소재상], 그렇게 2인분의 레시피 대금을 지불하지."

그 외에도 합성 레시피에 필요한 레벨이나 제작 단가 등을 생각하면 여러 문제가 있겠지. 하지만 거기까지 생각하는 건 힘들다고 에밀리는 말했다.

이야기가 일단 끊기고, 카운터 테이블에 차를 놓았다.

"그러고 보면 클로드는 왜 [아트리엘]에 왔어?"

클로드 본인의 가게인 [콤네스티 카페 양복점]에서도 [아트리엘]의 포션을 위탁 판매하니까 올 필요는 별로 없다. 그러니까 어쩐 일인가 싶어서 물었다.

"그렇군. 다음 다과회의 일정을 맞추고 [소생약]을 사러 왔다."

"아, 그렇구나. 그건 위탁 판매가 아니었지."

레이드 퀘스트의 보수인 [도등화 묘목]에서 얻는 꽃잎을 주요 소재로 하는 [소생약]은 아직 그렇게 많이 나돌지 않고 다른 [소생약]과 비교해서 효과가 강하다. 그러니까 함부로 유통시켰다가 다른 포션들을 쫓아내지 않도록 [아트리엘] 한정으로 몰래 팔았다.

"그러니까 [소생약]을 세 개 정도. 그리고 MP 포션을 구입하러 왔다. 그렇지, 이건 다음에 우리 가게에 내놓을 휴대식량인 양갱이다."

클로드가 인벤토리에서 꺼낸 것은 대나무잎으로 포장한

휴대식량은 윤기가 도는 양갱이었다. 이걸 보니 차를 홍차가 아니라 녹차로 내놓을 걸 싶었다. 조금만 더 일찍 보여 줬으면 그랬을 텐데.

"알았어. 이 과자는 잘 받을게——"과자? 과자라고 했지?!""

클로드는 눈을 치떴고, 나와 에밀리는 움직임이 굳었다. 목소리가 난 쪽을 보니 자쿠로의 두 꼬리에서 고개만 내밀고 이쪽의 손에 있는 양갱을 발견한 장난꾸러기 요정. 이미 입가에서 침을 흘리고 있었다.

반대로 클로드는 진지하게 장난꾸러기 요정을 바라보았다.

"음? 뭐야? 왜 그래? 내 얼굴에 뭐 묻었어?"

이해를 못한 건지 고개를 갸웃거리는 장난꾸러기 요정. 클로드는 요정에게서 내게로 시선을 돌렸다.

"……어이, 윤."

"어, 왜?"

"저건 요정이로군."

"어, 그래. 한정 퀘스트가 시작됐으니까."

적당한 대답을 클로드에게 돌려주었지만, 내심으로는 식은땀이 멎지 않았다. 안 좋은 예감이 들어서 한 걸음 물러나자, 클로드가 내 어깨에 두 손을 올려서 움직임을 막았다.

"요정 퀘스트를 정식으로 받은 자를 따라가면 요정을 얻을 수 있다지! 그럼 내게도 나눠다오."

"무서워무서워무서워!"

가까이서 본 클로드의 얼굴이 그림자를 드리우고 정체 모를 기백을 띠었다.

"나의, 나만의 요정을 찾아내어, 요정을 자유롭게 갈아입힌다! 아니, 한 명만 갈아입히다니 아깝지. 여러 의상을 요정의 개성에 맞추어서 갈아입힌다! 내 야망을 위해서——?!"

클로드의 열의와 기백에 눌려서 몸을 젖히고 울상을 할 때에 머리 위에서 뭔가가 떨어져서 클로드를 막았다.

옆에 앉아 있던 에밀리가 칼집으로 클로드의 머리를 때려서 입을 막았다. 어깨에 앉아 있던 새끼 고양이 쿠츠시타도 클로드의 뺨에 꾹꾹 발을 눌러댔다.

머리 위에서의 일격과 안면에 날아든 공격에 비틀거리면서도 쓰러지지 않도록 버티는 클로드에게 에밀리는 기막히다는 듯이 말했다.

"뭐 하는 거야. 윤이 성희롱으로 고소할걸."

분명히 도를 넘으면 성희롱이지만 왠지 여자 취급을 받은 것 같아서 기분이 나빴다.

"너무 흥분했군. 사과할 테니까 그렇게 때리지 마라."

연속으로 클로드의 뺨에 고양이 펀치를 날리는 쿠츠시타. 에밀리도 다시금 칼집을 쳐들었기에 클로드는 손으로 머리를 감쌌다.

"잠깐. 하지만 윤. 기간 한정 퀘스트라고 했으니까. 운 나쁘게 요정을 자력으로 발견하지 못한 플레이어는 남에게 나뉘받을 수밖에 없다.”

“뭐, 그건 알겠지만.”

약한 나는 이번에 에밀리와 둘이서 파티를 짰으니까 광산 던전 안쪽까지 들어갔다. 그리고 퀘스트를 한 단계 진행해서 요정과 만났다.

“이번뿐이다. 나도 주위에게 요정을 퍼뜨릴 노력을 할 테니까 윤에게 부담이 가지 않아.”

분명히 아는 사람들끼리 소수의 파티로 퀘스트를 진행하는 식이면 요정이 확산되지 않아서 문제가 일어날 것 같다. 게다가 나도 에밀리에게 나눠받았으니까 그걸 퍼뜨려야만 하겠지.

“하아, 알았어. 그럼──“좋아, 바로 가자, 지금 당장 가자!”──뭐?!”

그 말에 나를 잡아끌고 [아트리엘]에서 뛰쳐나가는 클로드. 내 뒤를 따르는 뤼이와 자쿠로. 그리고 어느 틈에 내 손에서 양갱을 빼앗아서 내 어깨에 앉아서 먹는 장난꾸러기 요정.

“자, 요정! 동료는 어디에 있지!”

“으음, 마물의 부하의 반응은 저쪽에 있는데?”

“그럼 그쪽으로 간다!”

붙들려서 끌려가는 나를 웃으면서 지켜보는 에밀리.

“나는 [합성] 연구를 하고 있을게. 힘내.”

아니, 에밀리의 옆에도 밭에서 돌아온 물 요정이 있으니까 에밀리도 도와줘! 그렇게 소리치고 싶지만, 차마 말로 하지 못한 채 배웅받았다.

●

"자, 요정. 적은 어디지?"

내 머리 위에서 계속 빙글빙글 돌면서 신음소리를 내는 장난꾸러기 요정.

지금은 클로드와 함께 제1마을을 나서서 평원에서 다음 손토큰을 찾고 있다.

"하루에 두 번이나 그거랑 싸우다니, 조금 더 여유 좀 갖게 해줘."

"무슨 소리지. 기간 한정 퀘스트는 할 수 있을 때 조금이라도 진행하는 게 기본이다. 언제 불의의 사태로 퀘스트가 막히게 될지 모르니까."

클로드가 그렇게 말했을 때 장난꾸러기 요정은 뭔가를 감지했는지 어느 장소를 가리켰다.

"저쪽에서 마물의 부하의 기척이 팍팍 느껴져!"

"그럼 갈까."

"예이예이."

의욕 없는 나는 자쿠로를 껴안고, 따라오는 뤼이의 목덜미를 한 차례 쓰다듬으며 클로드의 뒤를 따랐다.

"…………."

"……………."

다들 말없이 걷는 가운데 장난꾸러기 요정의 콧노래만이 묘하게 울렸다.

클로드와는 나름 알고 지냈지만, 이렇게 단둘이서 파티를 짜는 건 처음일지도 모르겠다. 애초에 생산직이 모험에 나서는 일부터가 별로 없다.

"……저기, 클로드."

"뭐지, 윤?"

침묵을 견딜 수 없어져서 내가 입을 열긴 했지만, 무슨 이야기를 하면 좋을지 몰라서 화제를 찾았다.

"저기——"재미없어!""

갑작스럽게 소리치는 장난꾸러기 요정. 공중에서 버둥버둥 응석부리듯이 날뛰는 모습에 말이 끊어졌다.

"으음, 재미없어! 이렇게 되었으면 에잇! 에잇!"

작은 바람을 일으켜서 평원의 비선공 몬스터를 깨웠다. 초식동물이나 슬라임, 홉고블린 같은 몹들이 우르르 모여들기 시작했다.

"윤. 모이기 시작했군."

"냉정하게 있지 마! 어이, 잠깐! 바람의 장난꾸러기 요정! 공격은 그만둬!"

"공격이 아냐! 장난이야!"

손을 뻗어 붙잡으려고 했지만 손은 허공을 갈랐고, 장난꾸러기 요정은 공중에서 가슴을 폈다. 내 손이 닿지 않는 장소에서 장난꾸러기 요정은 사정거리 안에 있는 몹에게 차례로 바람을 날렸다.

"소문처럼 제법 유쾌하군."

"유쾌가 아니잖아!"

모여든 몹은 죄다 약했다. 그냥 숫자가 많을 뿐이라서 한 마리 한 마리를 일격으로 쓰러뜨렸다. 나는 식칼을 한 손으로 들어 베었고, 클로드는 지팡이를 그대로 후려쳐서 쓰러 뜨렸다.

활잡이와 마법사답지 않은 전투였지만, 괜히 화살과 MP를 소비하지 않기 위해 물리공격을 택했다.

"귀찮군."

"좋잖아. 가벼운 준비운동이다. 게다가 바람 요정이 뭘 할 수 있는지 안 것도 다행이군."

"음?"

"퀘스트에서 플레이어에게 붙은 요정의 기본 속성은 불, 물, 바람, 흙, 빛, 어둠의 여섯 속성. 그리고 성격은 무수한 패턴이 준비되어 있는 모양이다."

"업데이트된 지 얼마 안 되었는데 용케 아네."

나와 클로드는 눈앞의 적을 처리하면서 말을 이었다.

"반나절이면 퀘스트 초기의 정보는 어느 정도 갖추어지니까. 그리고 요정은 가벼운 지원을 해주지만, 속성이나 성격, 지원의 종류는 그 요정별로 다른 모양이다."

나와 클로드는 힐끗 바람의 장난꾸러기 요정을 보았다.

그 시선에 장난꾸러기 요정은 놀란 표정으로 이쪽을 마주 바라보았다.

"왜? 내가 뭐 했어?"

"아니, 아무것도 아냐."

멋대로 공격을 날려서 무차별로 몬스터를 끌어모은다. 이건 지원이 아닌 것 같은데.

나는 아무래도 꽝을 뽑은 건가 싶은 기분으로 눈앞의 슬라임에게 식칼을 찔렀다.

모인 몹들은 고작 몇 분 만에 섬멸할 수 있었고, 주변의 몹은 깨끗하게 사라졌다.

그때 머리 위를 날던 장난꾸러기 요정이 간신히 내려와서 내 머리에 앉았다.

"아, 재미있었다! 자! 가자!"

"나 참, 뻔뻔스럽긴. 다음에는 멋대로 그러지 마."

내가 장난꾸러기 요정에게 충고했지만 완전히 무시하는 바람에 힘이 쭉 빠졌다.

"그러고 보면 윤은 요정 퀘스트에 관해 어디까지 알지?"

"응? 나는 개요에서 기간 한정이란 걸 봤고 정식 요정 퀘스트를 수주한 플레이어와 동반하여 퀘스트를 진행하면 요정을 얻을 수 있다는 것. 그리고 손토큰을 네 마리 쓰러뜨릴 필요가 있다는 것 정도?"

"이쪽은 내가 모은 정보나 가게에 온 플레이어에게 들은 정보라도 좋다면 말해주겠는데."

"부탁해."

나는 그렇게 말하고 클로드가 말하는 퀘스트 정보에 귀를 기울였다.

"그렇군. 일단 요정 퀘스트는 플레이어가 마물의 부하
──손토큰을 쓰러뜨리는 게 전제다. 그리고 손토큰은 기생한 몹에 따라 체형이나 행동 패턴이 변한다는 거지."

"응. 나도 알케니의 손토큰이랑 싸웠으니까 대충 알아."

"그럼 다음. 알아낸 범위로는 손토큰이 되는 종류의 몹은 플레이어가 과거에 쓰러뜨린 적 있는 몹이라는 게 조건이라고 여겨진다."

"그래. 그 조건이라면 처음 보는 상대에게 일방적으로 당할 케이스는 없겠네."

행동 패턴이 유사하기 때문에 알케니의 경우도 단순 강화란 느낌이겠지. 다만 베이스가 된 몹의 행동 패턴과는 달리 덩굴의 독자적인 공격도 있었다. 그 HP 흡수 공격이나 덩굴을 조작한 변칙 이동 말이다.

"뭐, 들은 이야기로는 그 정도로군. 그리고 손토큰에게도 기생하는 몹과의 상성이 있어서, 상성이 좋은 몹에게 기생하면 꽤나 강하다는 모양이다."

아직 정보가 완전히 나돌지 않지만, 그래도 지금 상황을 재확인한 것만 해도 다행이다. 그렇게 생각하면 항상 며칠 만에 대부분의 정보를 모아서 내게 신나게 떠들던 타쿠와 뮤우의 정보 수집 능력은 이상한 것 같다.

"그리고——그렇군. 요정 퀘스트와는 관계없지만, 업데이트로 추가된 배회 몬스터의 정보도 있군."

"아, 그 신규 몹 이야기?"

"그것도 있군. 빅보어나 포레스트 베어 중에 상당히 낮은 확률로 그런 몹의 새끼가 출현하는 모양이다."

클라우드가 메뉴를 조작하여 스크린샷을 불러내었다.

스크린샷에는 줄무늬가 특징적인 새끼 멧돼지가 빅보어에게 달라붙어서 자는 모습이나 포레스트 베어의 새끼가 부모의 등에 달라붙은 모습 등이 있었다.

"우와, 이거 뭐야! 무지 귀여워! 만져보고 싶어!"

내가 그렇게 말한 순간, 뤼이가 가볍게 박치기를 하였다. 물론 뤼이와 자쿠로도 좋아하지만.

"우리는 이벤트에서 새끼 사역 몹을 동료로 삼았지만, 다른 플레이어는 여태까지 새끼를 손에 넣을 기회가 없었으니까. 전투력은 안 되지만, 그래도 요망이 많았겠지."

그렇게 말하고 화면을 닫는 순간 나는 아쉬운 듯이 아앗 소리를 내었다.

"그리고 필드 배회형 유니크 보스의 정보인데——만나면 확실하게 죽는다."

"주, 죽어?!"

너무나도 간단히 선고한 내용에 목소리가 뒤집혔다.

"이름은 그림리퍼라고 한다. 인간형에 무기는 커다란 낫이라더군. 어느 최전선 파티가 만났다가 전멸했다는 모양이다."

"그림리퍼라면 사신? 뭐야, 무슨 재앙 같은 보스잖아."

"그야말로 사신 그 자체지. 만나거든 도망치라는 적이다."

"저기…… 전조 같은 거 있어?"

"그렇군. 아무래도 보라색 안개가 끼고 냉기가 떠돈다는 모양이다."

"보라색 안개에 냉기——히익?!"

내가 중얼거리자 발치에 싸늘한 바람이 불었다. 목덜미에 미적지근한 뭔가가 지나가는 듯한 감각에 순간 돌아보았다.

잔뜩 긴장하고 확인하려고 목덜미를 만졌지만, 아무것도 없었다. 기분 탓인가? 싶었지만, 머리 위에서 웃음소리가 울렸다.

"아하하하, 웃겨! 그냥 바람에 놀라고 있어!"

"……사, 살았다."

요정은 소리 높게 웃었지만, 나는 화낼 기력도 없어서 그 자리에 주저앉았다.

"괜찮나, 윤?"

"귀신 같은 건 싫어하니까 아니란 걸 알고 안심했어. 괜찮아."

"뭐, 사신이라고 해도 기분 나쁜 귀신 같은 게 아니라 멋진 디자인이니까 공포심은 안 들겠지. 오히려 당하는 순간에 외경의 마음까지 드는 디자인이라나 보다."

"그건 그거대로 무서운데."

당하는 순간에 존경의 마음이 들 정도로 무섭다는 건 또 뭐야.

"진짜로 귀신 어쩌고저쩌고하는 장난만큼은 하지 마."

"음, 알았어."

장난꾸러기 요정은 퉁명스러운 기색이면서도 내가 조용히 부탁하자 일단 승낙해주었다. 차분하게 말하면 효과가 있나?

이럭저럭 하는 동안에 제2의 손토큰이 있는 장소에 다가갔다.

"어이, 이쪽은 습지대잖아?"

장난꾸러기 요정이 가리키는 곳에는 제1마을 남부의 습지대가 펼쳐져 있었다. 이 에어리어에는 기습하는 적이 많았다.

"그래, 조금 더 들어간 곳이야!"

"어쩔 수 없군. 내가 앞서가며 안전을 확보하지."

일단 품에 안았던 자쿠로를 지면에 내려놓고 활을 움켜쥐었다.

습지에 숨은 트렌트나 무어 프로그를 피하고 때로는 전투도 해가면서 습지대의 어느 장소로 다가갔다.

장난꾸러기 요정이 가리키는 방향을 향해 적 몬스터나 발밑이 불안한 장소를 피해가자 어느 장소에서 멈추라는 지시가 나왔다.

"온다! 뒷일은 애써 봐!!"

그 말이 끝난 직후에 습지대의 지면을 뚫고 뻗어 나오는 굵은 덩굴이 습지대에 떠 있는 식물 이파리 뒤에 숨은 무어 프로그를 침식하였다.

순식간에 그 몸이 인간 크기로 확대된 무어 프로그는 두 눈에 알케니와 마찬가지로 장미꽃을 피우더니 그 기다란 혀와 타고난 점프력으로 이쪽에게 공격의 표적을 돌렸다.

"흠. 일단 확인을 위해 물러날까!"

"안전책에는 찬성이야!"

클로드의 제안에 나는 전력으로 손토큰과의 거리를 벌렸다. 그리고 어느 정도 거리가 벌어진 곳에서——.

"쫓아오지 않네. 더 정확하게는."

"덩굴 때문에 쫓아올 수 없나."

손토큰은 지면에서 뻗은 덩굴과 덩굴이 기생한 몸이 하나가 된 몹이다. 그리고 덩굴의 뿌리 부분을 기점으로 하기 때문에 몹을 움직일 수 있는 범위가 한정된 듯했다.

덩굴이 기생한 거대 개구리는 점프해서 깔아뭉개는 공격이나 혀를 뻗어서 때리는 타격 공격과 물 마법의 물 구슬 등의 공격을 하려고 했지만, 그 공격도 닿지 않았다.

"이건 혹시 기회?"

"패턴에 들어갔군."

나와 클로드는 못된 짓을 꾸미는 얼굴을 하였다.

알케니의 손토큰은 광산이라는 폐쇄적인 공간이었으니

까 불가능했지만, 지금이라면 할 수 있다.

클로드는 어둠 마법으로 개구리에게 일방적으로 공격을 가했다.

"하하하하. 자, 춤춰라, 춤춰!──〈쉐도우 블리트〉!"

드높게 웃으면서 관통력 강한 어둠의 화살을 날리는 클로드. 나는 그걸 새된 눈으로 바라보면서도 〈하늘의 눈〉으로 조준하여 화살을 드높게 날렸다.

"〈인챈트〉──어택. 가라!"

상공으로 날린 화살은 호를 그리며 개구리의 등에 꽂혔다. 편차사격이나 곡사 등으로 불리는 사격법이다. 천장이 있는 공간에서는 못 쓰지만, 입체적인 궤도를 그리는 화살이기에 가능한 공격을 차례로 날렸다.

"꼴사납군. 개구리 장난감이 차라리 더 재미있겠어!"

"아, 그러고 보면 뭔가 비슷하다 싶었는데 그거였구나."

클로드가 말하는 건 펌프식의 고무 장난감이었다. 펌프 부분에 공기를 보내면 개구리의 다리가 늘어나서 점프하는 장난감. 자기 공격이 닿지 않아서 날뛰는 모습은 그것과 비슷했다.

"칫, 내구력만큼은 높군. 슬슬 웃고 농담할 거리가 떨어지기 시작했다."

"아니, 농담하기 전에 손을 움직여."

덩치가 큰 개구리는 표적으로 딱 좋았지만 좀처럼 쓰러지지 않았다.

식칼로 하는 공격과는 상황이 다르지만 식칼로 알케니의 가슴을 꿰뚫는 감각과 활을 통해 느끼는 감각은 다소 차이가 있었다.

"방어력이 올랐나?"

"그건 기생한 몬스터의 개체 차이 아닐까?"

"으음, 그런가?"

나는 그 위화감을 느끼면서 화살을 날렸다.

그리고 클로드의 어둠의 화살과 내 일격에 무어 프로그의 두 눈에 핀 장미꽃이 흩어졌고, 그게 결정타가 되어 두 번째 손토큰과의 싸움이 끝났다.

다시금 기생할 곳을 잃은 덩굴이 지면으로 숨어서 도망가는 걸 지켜보고, 쓰러진 무어 프로그의 몸이 있는 곳으로 신중하게 다가갔다.

"왜 그러지. 그렇게 머뭇거리고?"

"아니, 저기——점 "말하면 안 돼!"——?!"

갑자기 나타나서 내 입을 막는 장난꾸러기 요정. 여태까지 어디에 있었나 싶었지만, 요정은 내 입을 온몸으로 막고서 귓가에 속삭였다.

'이대로 보고 있으면 점액을 뒤집어쓴 동료가 튀어나와서 재미있어져.'

"윤, 왜 그러지? 뭔가 말하려던 것 같았는데?"

"아, 아니, 아무것도 아냐."

나는 입을 다물기로 했다. 나 혼자만 얼굴에 점액을 뒤집어쓰는 건 좋지 않다. 하다못해 클로드를 길동무로 삼자. 그런 어두운 생각이 소용돌이치는 가운데 클로드는 거대해진 무어 프로그의 몸에서 튀어나온 그것을 받아냈다.

그 직후 몬스터의 몸은 빛의 입자로 변해서 사라지고, 클로드는 윤기가 도는 시커먼 알을 쳐들고 있었다.

"뭐지? 요정이 아닌가?"

그것은 물에 젖은 듯이 습기 찬 질감의 구체로, 결코 점액에 젖은 알이 아니었다.

"어~이, 언제까지 자고 있을 거야? 일어나!"

내 옆에서 알에게 말을 거는 장난꾸러기 요정. 거기에 호응하듯이 시커먼 껍질이 인광을 발하며 사라지고 클로드의 손바닥에는 졸린 듯이 눈을 비비는 암흑색 요정이 떠 있었다.

"당신이 구해줬어? 나는 어둠의 요정."

그렇게만 말하고 클로드의 주머니 안으로 꾸물꾸물 기어 들어갔다.

"점액이 아니었네. 뭐지?"

"아하하하. 실패, 실패!"

옆에서 웃는 요정을 보며 한 가지 깨달았다.

"저기, 너도 알이 될 수 있는 거 아냐?"

"가능해. 요정의 긴급피난 방호벽이니까~."

"그럼 왜 나랑 만날 때는 점액투성이였는데?"

"뭐?! 윤, 점액에 관해서 자세히 들려줘라!"

"이쪽에 오지 마! 그리고 자세히 묻지 마! 떠올리게 하지 마!"

"와아~, 도망쳐~!"

클로드가 한 발 다가오면 나는 한 발 물러났다.

왜 이렇게 되는 건데.

나는 클로드의 호주머니 안에서 졸린 눈을 한 어둠의 요정에게 노골적으로 화제를 돌렸다.

"그, 그러고 보면 내 장난꾸러기 요정은 동굴에서 바람의 흐름을 읽고 출구까지 데려다줬는데, 그 요정의 특기는 뭐야?"

"음, 바람의 요정에게는 그런 힘도 있었나."

점액 화제를 잘 돌릴 수 있어서 안도하는 나. 화제가 자기에게 돌아오자 장난꾸러기 요정은 가슴을 펴고 자랑하듯이 대답했다.

"그래! 나는 바람의 장난꾸러기 요정! 바람을 다루는 건 누워서 떡먹기! 특히나 장난치는 쪽으로는 누구보다도 대단해!"

콧김 가쁘게 흥 소리 내어 자랑하는 한편, 의욕 없는 어둠의 요정은 주머니 안에서 얼굴을 내밀고 졸린 눈을 하며 대답했다.

"나는, 어둠의 요정이니까. 시끄러운 것보다 조용한 쪽이 좋으니까——이런 겁니다."

억양 없이 에잇 소리를 내며 손가락을 장난꾸러기 요정에게 향하자, 여태까지 자랑스럽게 칭찬해달라며 떠들던 장난꾸러기 요정의 목소리가 뚝 그치더니 하늘에서 흔들리며 그대로 떨어지려고 했다.

내가 다급히 두 손을 내밀어서 받아보니, 장난꾸러기 요정은 풀어진 얼굴로 자고 있었다.

"상태 이상의 유발. 특히나 수면에 관해선 강합니다. 또 졸립니다."

그렇게 말하고 클로드의 주머니에 꾸물꾸물 기어들어 갔다.

"뭐, 둘 다 잠들었고 손토큰도 쓰러뜨렸으니 돌아갈까."

"그렇군. 다음 녀석을 쓰러뜨리기에 필요한 안내인이 잠들었으니까."

후우, 한숨을 내쉬는 클로드. 하지만 더 싸울 생각이었나 싶어서 나는 날카로운 시선을 던졌다. 나는 오늘만 해도 알케니랑 무어 프로그, 두 종류의 손토큰과 싸웠다. 조금은 좀 쉬게 해달라는 심정이었다.

그리고——.

"휴식하는 김에 점액에 관해 들어볼까! 콤네스티에서 케이크와 차라도 하면서 천천히."

툭 하고 내 어깨에 올린 클로드의 손에 돌아보니, 상큼한 미소 속에서 눈동자만큼은 절대로 도망 못 간다고 말하고 있었다.

마왕에게서는 도망칠 수 없었다.

3장　　새끼 멧돼지와 섬유소재

　클로드와 손토큰을 쓰러뜨린 날로부터 며칠이 경과했다. 클로드는 지금도 끈덕지게 점액에 관해 캐묻고 들기에 이리저리 계속 피했다.

　손토큰에 관한 정보도 서서히 모였다.

　보스 몹에게 기생한 개체와 피라미 몹에게 기생한 개체는 손토큰의 기본 스펙상에서 그리 차이가 없다. 다만 기생체의 개체 개성은 크게 나타난다고 했다.

　"아, 연속으로 싸우는 건 힘들어. 하아, 가게 안은 좋구나."

　"그렇군요. 여기 차입니다."

　"고마워, 쿄코."

　여러 의미로 기력을 다 쓴 나는 며칠 동안 [아트리엘]에서 한 발짝도 나가지 않고 포션을 조합하거나 액세서리를 만들었다.

　"저기! 나한테도 뭐 만들어줘! 한가하니까!"

　"으음, 어쩔 수 없네."

　그런 식으로 남은 가죽 조각이나 녹슨 철 장비로 가죽과 철의 복합 팔찌를 만들어주었는데, 요정이 팔에 찰 수 있는 사이즈가 아니라서 벨트 같은 용도가 되었다.

　또 내가 화로 앞에서 필사적으로 망치를 휘두르는 상황에 장난꾸러기 요정이 과자를 가져와서 눈앞에서 보여주듯이 냠냠 먹는 모습에는 다소 짜증도 일었다.

"저기, 다른 과자 더 없어~? 이것만 먹으니까 질려~."

"버터 쿠키는 확실히 질리긴 하지만, 너도 참 요구사항이 많다."

뤼이나 자쿠로는 전혀 불평하지 않는데 말이지. 그런 마음에 두 마리에게 시선을 보내자 슬쩍 눈을 돌렸다. 설마 너희도 질렸냐.

"하아, 그럼 한동안 버터 쿠키는 만들지 말까. 하지만 아무것도 안 만들 거야."

"왜! 인간의 과자 맛있는데!"

"아니, 오늘은 클로드네랑 다과회가 있어서 그쪽에서 과자를 먹을 거니까 안 만든다는 소리야."

"그런 거야? 그럼 됐어!"

그렇게 말하고 창문을 통해 밭쪽으로 날아가는 장난꾸러기 요정. 그 모습을 보고 즐거운 듯이 웃는 NPC 쿄코. 하지만 나로서는 좀 얌전해줬으면 좋겠다는 심정이었다.

"안녕, 윤. 꽤나 즐거워 보이네."

"에밀리. 에밀리가 온 걸 보면 금속실 관련인가?"

"그래, 가닥이 잡혔어. 뭐, 그건 천천히 이야기하기로 하고, 윤은 좀 어때?"

에밀리의 어깨에 앉은 물의 요정은 밭쪽의 식물을 보러 가는 건지 날아갔고, 에밀리가 그걸 미소 지으면서 바라보았다.

"에밀리의 물 요정은 조용해서 좋겠다. 내 요정은 심심하다는 둥 저거 달라는 둥 이거 달라는 둥 시끄러운데."

"내 쪽도 꼭 그렇지도 않아. 어둡다, 흐리다, 식물이 더 필요하다, 그렇게 떠들어."

에밀리는 쿄코에게 차를 받아서 한 모금 마시더니 후욱 숨을 내쉬었다.

마치 육아 이야기를 나누는 어머니들 같아서 살짝 웃음이 나왔다.

"에밀리 쪽도 그런가."

"다들 요정한테 휘둘리는 모양이다. 상대에게 조금 맞춰 주거나 이해를 도모하는 게 건설적이야."

"으음, 하지만 이제 와서 그러라고 해도 말이지. 난 꽤나 차갑게 대했는데."

"윤이 차갑게 대하는 거라면 대부분의 플레이어는 더 심한 대접을 했다는 소리가 돼."

"그런가?"

"그래, 요정이 정말로 싫어한다면 가면처럼 무표정하게 기계적으로 대답한다나 봐. 그와 비교하면 윤의 장난꾸러기 요정은 표정이 풍부하잖아."

창밖을 보니, 장난꾸러기 요정이 산들바람을 일으켜서 밭의 약초를 흔들거나 풀들에 작은 파도를 만들어냈다. 에밀리의 물의 요정은 안개비처럼 가느다란 물로 지면과 공중을 적시며 작은 무지개를 만들었다.

밭 안쪽에 있는 도등화 나무와 무지개, 춤추듯이 날아다니는 두 요정을 바라보니 자연스럽게 입가에 미소가 떠올랐다.

"꽃이 예쁘네. 고생해서 레이드 퀘스트를 클리어한 보람이 있어."

"그래. 저 나무 밑에 앉아서 뤼이와 자쿠로에게 빗질을 하며 느긋하게 보내는 게 좋아."

"윤한테 받은 도등화 나무 화분으로는 저렇게 안 커지니까 부러워."

그렇게 말하고 다시금 차를 한 모금 마시더니, 장난꾸러기 요정이 물렸다고 말한 버터 쿠키를 입에 넣었다.

바삭하고 기분 좋게 울리는 소리가 내 귀에까지 닿았고 잠시 동안 기분 좋은 침묵이 찾아왔다.

하지만 그런 가운데 에밀리의 표정이 순간 흐려졌다.

"무슨 시선 안 느껴져?"

"음? 그런 거 모르겠는데?"

"그래. 도등화 나무 화분을 놔둔 뒤로 나는 가끔씩 시선을 느껴. 다만 악의가 안 느껴지니까 방치했고, 물의 요정도 좋은 시선이다. 좋은 애가 왔다고 그럴 뿐이니까."

"으음, 뭐지? 수호령? 판타지적 존재?"

고개를 갸웃거렸지만, 돌이켜 봐도 시선을 느낀 적은 거의 없었다.

있다면 [아트리엘]의 입구에서 가게 안을 힐끗힐끗 엿보면서 눈치를 살피는 사람이 있는 정도일까?

그 사실을 에밀리에게 전하자, '윤은 시선이나 자신의 평가에 대해서 둔감하다는 걸 알겠어'라는 식으로 꽤나 심한 이야기를 들었다. 영문을 모르겠다.

"기분 탓일 수도 있지 않을까? 아니면 기분 탓이 아니라 [나무의 정령]이라든가?"

"어머, 꽤나 멋진 말이네. 뭐, 잡담은 이 정도로 하고 본론에 들어갈까."

전혀 농담이 아니었는데. 그 말에 에밀리에게 미소가 돌아오고 [소재상]으로서의 진지한 얼굴로 변했다.

"일단은 보고야. 세 종류의 섬유소재, [알케니의 실주머니], [뱀부 파이버], [매지컬 실크]를 일반적으로 합성한 결과는 전부 실패였어."

"그래, 죄다 꽝인가."

나는 낙담했지만, 에밀리는 자신감 넘치는 표정이었기 때문에 그런 온도 차이에 나는 고개를 갸웃거렸다.

"일반적으로 합성했다고 말했지? 그러니까 정보 중에서 몇 가지 소재를 뽑아내어서 추가로 합성해봤어."

"그 말은……."

"그래, 그 성과가 이거야."

그렇게 말하며 저번에 레티아가 보여주었던 것과 똑같은 금속실의 다발을 테이블에 내려놓았다.

"레시피는 광석 계열 아이템과 [생명의 물]. 그리고 이번에 합성에 성공한 섬유 계열 소재인 [알케니의 실주머니]나

[매지컬 실크]. 이렇게 세 개를 [합성]."

"우와! 성공했구나!"

"분명히 금속실을 토해내는 라나 버그는 [던전마을]의 미궁에 있잖아? 그러니까 던전마을의 세 던전에서 나오는 소재를 합성하고 [생명의 물]을 더했더니 나왔어."

"그래, [생명의 물]이 나오는 동굴형 던전에서는 라나 버그를 소환하는 아이템도 나왔지."

"그리고 [재봉] 계열 생산직에게 들은 이야기인데, 실을 생산할 때 이 [생명의 물]을 사용하면 질이 좋아지는 모양이야."

그 외에도 [대장]의 냉각수나 [목공]에서 니스를 녹일 때에 사용한다는 등, 마기 씨나 다른 이들에게 들은 내용을 떠올렸다.

"하아, 전혀 생각이 안 닿았어. 수중의 재료로 금방 만들 수 있잖아."

[알케니의 실주머니]를 찾으러 가지 않더라도 [매지컬 실크] 조각이나 광석, [생명의 물]은 [아트리엘]에도 있었다.

"이런 건 법칙과 경험을 발견하지 못하면 불가능하니까. 나는 남들보다도 그런 쪽의 데이터베이스가 많을 뿐이야."

그렇게 말하며 금속실 외에도 남은 소재를 꺼내는 에밀리.

"결국 3분의 1은 실패로 소멸. 나머지 3분의 1은 금속실로 바꼈어. 그러니까 남은 소재는 나와 윤이서 나누자. 뭐,

[뱀부 파이버]만큼은 많이 남았어."

모처럼 화로로 잘 구워서 섬유만 추출했지만, 이번에 쓰지 않더라도 다른 기회에 쓰자는 마음에 받았다.

"이 자리에서 금속실의 레시피를 시험해도 될까?"

"그래, 해봐."

나는 3종 합성의 합성진 시트를 꺼내어 그 위에 [매지컬 실크], [생명의 물], 은광석을 배치하였다.

"간다. ──〈합성〉."

합성진에 빛이 일고 세 종류의 소재를 둘러싼 진이 중앙을 향해 모이더니 합쳐졌다. 그리고 중앙에 모인 빛이 터지고──.

"됐다──가 아니네? 실패인가? [합성] 레벨은 그럭저럭 될 텐데?"

나는 실패해서 실부스러기처럼 된 소재를 주워들고 한숨을 내쉬었다. 그리고 다시금 내 센스 스테이터스를 확인했다.

소지 SP 23

[활 Lv41] [장궁 Lv15] [하늘의 눈 Lv7] [마법재능 Lv46]

[마력 Lv49] [부가술 Lv27][연금 Lv32] [합성 Lv33]

[생산의 소양 Lv34] [조교 Lv8]

대기

[속도 상승 Lv28] [간파 Lv15] [조약 Lv28] [요리 Lv27]

[조금 Lv3] [수영 Lv13] [지 속성 재능 Lv19] [언어학 Lv18]

[합성] 센스 레벨은 33이지만, 이래도 실패하나.

"그러고 보면 레벨에 따른 성공률도 조사하지 않았네. 추천 레벨이 어느 정도려나?"

"다시 한 번——〈합성〉! 아, 이번에는 성공이다."

광석을 은광석에서 철광석으로 바꾸고 합성하자, 철의 금속실이 합성되었다. 합성하는 광석에 따라서 성공률이 많이 달라지든가, 내 레벨로 안정되게 합성할 수 있는 것은 철의 금속실까지였다.

"뭐, 레시피를 알았으니까 소재를 모아서 여러모로 합성하며 은광석으로 합성할 수 있는 레벨까지 올려볼까."

"그래. 그리고 나도 한 번 합성을 해봐도 될까?"

그렇게 말하고 에밀리도 소재를 꺼냈다.

에밀리는 네 종류의 합성진에 하이포션, MP 포션, [생명의 물], [도등화의 꽃잎]을 배치했다. 이 레시피는 설마? 싶었다.

"자, 간다. ——〈합성〉."

조용한 말에 따라 네 개의 소재는 연분홍색의 빛을 띠며 모여서 한 형태를 만들었다.

"……[소생약]이다. 에밀리, 대단해! [합성]으로도 [소생약]을 만들 수 있구나!"

"[조합] 센스의 전매특허는 아니니까, 조만간 가격이 내려갈지도. 그렇긴 해도 회복량은 표준이지만."

그렇게 말하며 에밀리는 어깨를 으쓱였다.

아직 센스를 쓸 길은 많다. 한 가지 루트만이 아니라 여러 생산 루트가 있다는 것을 이번 일로 거듭 인식하게 되었다.

그리고 에밀리에게 한 가지 제안을 하였다.

"에밀리, 이 뒤에 시간 있어?"

"왜?"

"마기 씨네와 다과회가 있는데, 참가 안 할래?"

생산직들의 정보교환의 자리로 열리는 다과회다. 뭐, 그저 과자를 먹고 잡담만 할 때도 있다.

그 말에 에밀리는 즉답했다.

"사양할게. 나는 그런 거에 흥미 없으니까."

"역시나."

"나는 눈에 띄는 게 싫어. 톱 생산직 사이에 섞여서 뭘 할 생각은 없어."

그렇게 말하고 나머지 차를 비운 뒤 천천히 일어섰다.

"뭔가 그 자리에 전하고 싶은 말이 있거든 윤을 경유해서 전하도록 할게."

"알았어. 아쉽지만, 눈에 띄고 싶지 않다는 건 납득할 수 있으니까."

에밀리의 어깨에 약초밭에서 놀던 물의 요정이 돌아오고,

뤼이와 자쿠로, 그리고 장난꾸러기 요정과 함께 그녀들을 전송했다.

"하아, 딱지 맞았네."

알고는 있었기에 그리 낙담하진 않았다. 그보다도 다과회 전에 생산 관련 화제가 생겨서 다행이라고 생각했다.

"저기, 다과회는 아직이야?"

"그래, 슬슬 시간도 됐으니까 가볼까. 이번에는 클로드의 [콤네스티 카페 양복점]이지."

우리는 조금 일찍 [아트리엘]을 떠나서 다과회 장소로 걸어갔다.

●

이번 다과회는 클로드의 [콤네스티 카페 양복점]. 그것도 가게 뒤쪽의 공방 한구석에 테이블을 준비되었다.

이번 다과회에서는 평소보다 더 대화가 많았다.

그것은 다과회 멤버가 평소 멤버들 외에도 게스트가 많았기 때문이다.

"우와, 인간의 과자.", "맛있어, 맛있어.", "켁, 요정의 긍지는 없는 거냐.", "쿠울."

"마기 씨한테도 요정이 붙었나요."

"응, 따났어!"

"나도!"

그렇게 말하며 웃음으로 답하는 마기 씨와 리리는 내가
처음 본 요정에게 말을 걸었다.

　　"자, 자기소개를 해야지."

　　"왜 내가 인간 따위에게……."

　　투덜거리는 갈색 피부의 남자 요정은 마기 씨에게 붙은
요정인 모양이다.

　　"음. [콤네스티 카페 양복점]에서 발매 중인 '한입 과자 시
리즈'는 요정에게 호평인 모양이군."

　　"그래. 나도 이거 마음에 들어."

　　"나도 과자 좋아~."

　　차와 함께 클로드가 제공한 한입 사이즈의 과자를 리리와
리리에게 붙은 바람의 요정이 즐겁게 먹었다.

　　지금 영업하는 카페에서 파는 한입 사이즈의 과자 외에
시작품인 새로운 맛의 과자도 있어서, 손님으로서는 맛볼
수 없는 것이었다.

　　개인적으로 베이비 카스테라는 사들고 가고 싶다.

　　"하아, 생산 이벤트도 끝나고 [생산 길드]도 궤도에 올랐
어. 나도 허울뿐인 길드 마스터이라, 통산 생산 활동으로 돌
아갈 수 있어서 다행이야~."

　　"맞는 말이에요."

　　나와 마기 씨는 차를 마시면서 간신히 어깨에서 짐을 내
렸다고 기뻐했다.

　　나와 마기 씨는 홍차, 리리는 녹차, 클로드는 블랙커피라

는 식으로 각자 즐기는 음료를 마셨다.

"저기, 클로드. 최근 금속실이란 소재 이야기가 나도는데, 뭐 아는 거 있어?"

"그러네. 재봉 쪽이라면 크로찌니까."

마기 씨와 리리의 귀에도 닿은 금속실의 정보. 거기에 대해 클로드는 아는 정보를 숨김없이 전했지만, 그 내용보다는 나와 에밀리가 한발 앞섰다.

"──그리고 아직 금속실의 샘플이 넉넉하게 확보되지 않았으니까 아무것도 만들지 못했다. 애초에 윤 쪽이 더 잘 알지 않을까?"

"나한테 이야기를 돌릴 줄 알았어. 클로드가 아는 것처럼 사역 몹을 이용한 입수방법 외에도 [합성] 센스로 만들 수 있다는 게 확인되었어."

그렇게 말하고 저번에 만들어낸 금속실 다발을 꺼냈다. 은, 철, 구리, 그렇게 세 종류였다.

제작법은 숨겼지만, 제작자인 에밀리의 존재를 전달하고 필요하다면 에밀리에게 부탁하겠다고 선전했다.

"흐응. [소재상]이 만들 수 있구나. 이 소재를 쓴다면 링 메일의 보강 쪽일까?"

"으음, 내 경우에는 실다발을 지팡이 심에 사용하든가 하는 식일까? 다음에 시험해보게 주문해봐야지."

"마기 씨랑 리리는 뭐 새로운 발견 있었나요?"

금속실을 손에 들고 진지한 표정을 하는 두 사람에게 물었지만, 전혀 없다면 고개만 내저었다.

"최근에는 새로운 게 없어. 그러니까 이 금속실이라도 써서 뭘 만들어볼까 생각하는 중."

"이하동문~."

"나도 그렇군. 그런데 윤, 너는 그 책을 어디까지 해독했지?"

"어, 아직 멀었어. 조금씩 읽는 중이야."

클로드가 말하는 그 책이란 레이드 퀘스트의 보수로 입수한 [조합] 레시피책이었다. 그 안에는 소생약의 레시피도 들어 있지만, 그 외의 레시피는 아직 [언어학] 센스로 해독 중이었다.

나보다 레벨 높은 [언어학] 센스를 가진 클로드 쪽이 더 많이 해독했을 것 같은데.

"그럼 이 메모를 주지. 내가 해독한 범위의 레시피를 메모했다."

그렇게 말하며 받은 종이다발을 훌훌 넘겨보니, 책의 대응 페이지와 자세한 레시피가 꼼꼼하게 기록되어 있었다. 이렇게 귀중한 걸 휙 넘겨주다니 싶어서 쓴웃음이 나왔다.

"고마워, 클로드. 활용해볼게."

"마음 둘 것 없다. 요정 퀘스트를 진행시켜준 답례라고 생각해라."

그렇게 말하고 시커먼 커피를 한 모금 마시는 클로드.

마기 씨와 리리에게는 달리 화제가 없어서, 다과회는 곧

평범한 잡담으로 넘어가고 동료로 삼은 요정에 대한 화제가 중심이 되었다.

"그렇긴 해도 윤 군에게서 클로드한테, 그리고 우리한테 요정 퀘스트가 퍼져서 다행이야."

그렇게 말하고 마기 씨는 한입 사이즈 카스테라를 불의 요정에게 내밀었지만, 불의 요정은 볼을 부풀리며 좀처럼 받아먹지 않았다. 다만 시선만큼은 카스테라를 좇는 모습이라 귀엽다.

내 바람의 장난꾸러기 요정은 리리가 데리고 온 바람의 요정과 함께 사이좋게 먹고 있다. 다만 어디에 그런 음식이 들어가나 싶은 양의 과자를 위장에 넣기 때문에, 배가 엄청나게 빵빵해졌다. 판타지다운 광경이라고 생각하며 일단 납득하기로 했다.

"그래서 클로드. 그쪽에서 자는 건 저번의 그 요정이야?"

"그래, 내게 온 어둠의 요정이다."

그렇게 말하며 클로드가 만든 요정용 쿠션에 머리를 기댄 요정에게 시선을 주었다. 어둠의 요정은 음냐음냐 소리를 내면서 새끼 고양이 쿠션에 기대어 자고 있었다.

"왠지 내가 마지막에 보았을 때랑 복장이 다른 것 같은데. 다른 요정들도 조금 화사하다고 할까."

"윤 군도 꽤나 멋진 벨트를 줬잖아?"

"뭐, 그렇지만요."

마기 씨가 멋지다고 말해주니 조금 멋쩍었다. 장난꾸러기 요정은 자기 이야기가 나온 걸 알았지만, 결코 과자에서 손을 떼지 않았다.

　나와 마기 씨는 자그만 장식품을 주었을 뿐이지만, 클로드는 힘을 기울이는 정도가 달랐다.

　클로드의 어둠의 요정도 검은색의 심플한 원피스였을 텐데, 지금은 검은색 바탕에 하얀 레이스를 듬뿍 사용한 고딕 로리타풍 옷을 입고 있었다.

　"후후후, 이 한 벌을 만들기 위해서 얼마나 시간을 들였는가. 얼마나 소재를 사용했는가."

　히죽 무시무시하게 웃는 클로드. 그 엄청난 역작을 리리와 요정이 흥미 깊게 바라보았다.

　"부러워. 내 생산 분야로는 요정에게 뭔가 만들어 줄 수 없으니까."

　"그래. 나도 그렇게 생각해. 이렇게 귀여우니까 뭔가 더 만들어주고 싶어."

　그렇게 말하며 마기 씨는 손끝으로 불의 요정의 머리를 쓰다듬었다.

　그리고 거기에 부끄러워하는 불의 요정은 마기 씨의 말에 반응을 보였다.

　"뭐야, 나한테 불만 있어?"

　"아니, 불만은 아냐. 항상 화로의 화력 고마워."

　마기 씨가 한 말이 마음에 걸려서 나와 리리는 의문스럽게 고개를 갸웃거렸다.

"마기 씨, 화로의 화력이란 건?"

"아, 그러고 보면 설명 안 했구나. 이 애랑 같이 [대장]을 하면 화로의 화력을 올려주니까 고화력이 필요한 금속의 가공이 쉬워."

"이런 건 별거 아냐."

그렇게 말하며 마기 씨는 손바닥에 올려놓은 불의 요정을 자랑했다. 요정 본인은 팔짱을 끼고 아무것도 아니라고 하지만, 어째 기쁜 눈치였다.

"그런가. 리리나 클로드도 뭐 있었어?"

"으음. 나는 없나? 다만 목공으로 깎은 나무 부스러기를 바람으로 청소해주는 정도려나?"

"나는 내가 만든 옷을 입어주는 것으로 충분하다."

클로드의 대답에 나와 마기 씨가 새된 시선을 날리자, 클로드는 헛기침을 한 차례 하고 적에게 수면의 상태 이상을 거는 게 특기라고 말했다.

요정과의 관계를 얼추 들은 다음에는 반대로 내게 시선을 모였다.

"그래서 윤 군의 요정은……."

"푸하, 잘 먹었다."

여태까지 혼자서 한입 사이즈 과자를 계속 먹던 장난꾸러기 요정. 내게 붙은 지 며칠이 지났지만, 그동안 한 행동은 자고, 먹고, 놀러 가자고 조르는 정도다. 그 외에는 자잘한 물건의 배치를 바꾸는 등 사소한 장난질이 많았다.

"딱히 이점 같은 건 없어요."

"뭐야! 내 이야기지! 나는 바람의 장난꾸러기 요정이야! 엄청난 장난을 칠 수 있어!"

"물건의 배치를 몇 센티미터 옆으로 옮기는 정도겠지."

"얕보지 마! 장난의 마법이다!――〈먹어라〉!"

적당히 흘려 넘기면서 다 마신 홍차를 한 잔 더 따르고 설탕그릇에서 설탕을 조금 떠넣은 뒤 입으로 가져갔다.

"정말이지 쪼잔한 장난이잖아. ――?! 푸홋?!"

"윤 군, 괜찮아?!"

"윤찌, 왜 그래?"

갑자기 내가 차를 내뿜은 것에 놀라는 마기 씨와 리리. 나도 왜 그랬는지 이해할 수 없었지만, 장난꾸러기 요정이 배를 잡고 낄낄 웃으면서 공중을 날아다니는 것을 보고 요정의 장난이라고 이해했다.

"너, 너, 무슨 짓을 한 거야?!"

"아하하하, 나를 얕보니까 그렇지! 얼굴 웃겨!"

차가 콧속으로 좀 들어가서 아팠다. 옆으로 내뿜었기 때문에 테이블이 더러워지진 않았지만, 입가가 더럽기에 타월로 얼굴을 닦았다.

클로드는 냉정하게 커피를 새로 따르고 설탕그릇에서 설탕을 조금 덜어 넣어서 입으로 가져갔다.

"과연. 소금 커피로군. 다음 과자는 소금 과자라도 부탁해볼까."

"소금?!"

나는 놀라서 설탕그릇의 결정을 조금 집어서 핥아보았다. 설탕그릇의 내용물이 소금으로 바뀌어 있었다.

"또 간다! 에잇! 에잇!"

춤추듯이 하늘을 나는 장난꾸러기 요정이 팔을 한 번 휘두르자 차가 다른 음료로 바뀌고, 또 한 번 휘두르자 테이블의 다리가 하나 빠져서 기울어졌다. 나와 클로드는 황급히 테이블을 받쳤다.

"어이, 그만해!"

"아직이야. 에잇!"

돌개바람이 테이블을 붙잡은 클로드의 망토를 휘감아서 얼굴에 뒤집어 씌웠다. 테이블을 붙잡은 내가 요정을 막으려고 움직였다간 테이블이 바로 뒤집히겠지.

"마기 씨, 리리! 붙잡아줘요."

"알았어."

이건 역시 지나치다고 느낀 두 사람도 의자에서 일어나서 장난꾸러기 요정에게 손을 뻗었다.

"흐흥, 안 잡힌다!"

"칫, 촐랑대긴!"

손에서 빠져나가듯이 도망치는 장난꾸러기 요정. 요정은 공중을 자유자재로 날아다니면서 우리를 희롱하였다.

"에잇, 얌전히 좀 잡혀."

"그래. 기다려. 우왓?!"

"리리, 위험해!"

마기 씨와 리리는 장난꾸러기 요정을 막기 위해 동시에 손을 뻗었다. 하지만 공중과는 거리가 멀고 의자나 테이블이 방해되는 장소. 장난꾸러기 요정은 바람으로 의자를 움직여서 리리를 넘어뜨렸다.

마기 씨는 넘어지는 리리를 재빨리 받아주었지만, 결정타로 장난꾸러기 요정이 리리의 등을 밀었기 때문이 두 사람 다 넘어졌다.

"마기 씨! 리리!"

"왜 그러지! 무슨 일이 있었나!"

아직도 얼굴에 망토가 휘감겨서 상황을 파악하지 못하는 클로드.

"미, 미, 미안! 마기찌!"

"아니, 다치지 않았으니까 괜찮아."

"마기 씨! 리리!"

나는 지금 두 사람의 자세에 얼굴을 붉혔다. 넘어지는 바람에 리리의 얼굴이 마기 씨의 가슴에 닿았다.

자기 상황을 이해한 리리는 허둥거리면서 떨어지려고 했지만, 허둥대는 바람에 또 실수해서 마기 씨의 가슴에서 좀처럼 빠져나오지 못했다.

"리리. 조금 진정해. 자, 심호흡, 심호흡."

"후우, 하아, 후우, 하아. 응, 괜찮아."

"그럼 천천히 일어서."

마기 씨 본인은 아무렇지도 않은 듯이 리리에게 말을 걸어 심호흡을 시키고 진정시켰다. 진정을 찾은 리리는 천천히 일어서서 마기 씨에게서 떨어졌다.

"리리, 안 다쳤어?"

"으, 응. 마기찌."

리리는 새빨개져서 고개를 숙였다. 마기 씨는 체셔 고양이 같은 미소를 띠었다.

"리리. 부끄러웠어? 어린애라도 남자구나."

"마기찌!"

"아하하, 미안. 조금 귀여웠으니까."

마기 씨와 리리는 둘이서 기운차게 이야기했지만, 나는 속으로 꽤나 화를 내었다.

간신히 빠진 테이블 다리를 도로 끼우고 테이블에서 손을 떼었다.

"어이, 장난이 지나친 것 아냐?"

장난이 성공해서 공중을 돌며 웃어대는 장난꾸러기 요정을 덥썩 붙잡고 진지하게 물었다.

"이거 놔! 나는 장난꾸러기 요정이야! 장난을 치는 게 뭐가 잘못인데."

"잘못이지! 이렇게 큰일을 저지르며 나 말고 다른 사람을 끌어들이지 마!"

"뭐야! 그런 건 내 마음이잖아!"

"사과 안 하면——통조림으로 만들어버린다!"

통조림, 그 말에 그 자리의 요정들 사이에 긴장이 돌았다.

특히 요정들의 얼굴이 일제히 굳더니 다음 순간 일제히 울음을 터뜨렸다.

"""통조림은 싫어어어어어!"""

혼자만 자고 있던 어둠의 요정은 퍼뜩 눈을 뜨고 주위를 둘러보았지만, 내 손안의 장난꾸러기 요정을 포함해서 전원이 울기 시작했다.

리리를 놀리던 마기 씨도, 간신히 망토를 벗겨낸 클로드도 무슨 일인가 싶어서 나와 요정들을 응시하였다.

"어, 아니, 나쁜 짓 하지 않으면 안 그럴 거니까! 안 그럴 테니까 울지 마!"

붙잡은 장난꾸러기 요정을 다른 테이블 위에 놓고 달랬다.

"정말? 통조림 안 만들 거지? 옛날부터 못된 요정은 통조림해서 부활약으로 만든다고 그랬어."

통조림 요정이라니 녹색 옷을 입은 용사가 나오는 게임인가?! 속으로 그렇게 한마디 하면서 계속 달랬다.

"안 그럴게. 하지만 장난도 도를 넘으면 위험하니까."

"하지만 난 장난꾸러기 요정."

"할 거면 남을 기쁘게 하는 장난으로 해줘. 그리고 폐를 끼쳤으니까 사과해."

"⋯⋯내가 지나쳤어. 미안해."

얌전히 꾸벅 고개를 숙이는 장난꾸러기 요정. 울고 있던 다른 요정들도 각각 마기 씨와 리리가 달래주었다.

"나는 신경 안 써. 뭐, 조금 놀랐지만, 실질적으로는 피해도 없고."

"나도다. 하지만 기왕 장난을 칠 거면 큰길에서 바람이라도 일으켜——마기, 그 주먹을 내려라."

클로드가 농담처럼 말하면서 여자들 스커트를 들추는 장난을 말하자 마기 씨가 싱글싱글 웃으면서 클로드의 눈앞에서 굳게 움켜쥔 주먹을 보여주었다.

제일 큰 피해를 입은 리리는 조금 부끄러운 듯이 고개 숙였다.

"미안, 내가 지나쳤어."

"나, 나는 괜찮아. 저기, 조금 놀랐지만⋯⋯."

힐끗 마기 씨 쪽을 보며 신음소리를 내는 리리. 마기 씨 본인은 동생 같은 상태니까 이미 의식하지 않았다.

전원이 장난에 대해 납득한 기색이라 나는 한숨을 내뱉었다.

"크크큭, 그렇긴 해도 장난에 대해 멋진 대응이로군. 역시나 [보모]라고 불릴 만한데?"

"음, 클로드. 그 소리 하지 마. 별로 좋아하지 않으니까."

그런 말을 듣자, 순간적으로 이 자유로운 요정들의 행동이 유치원생의 행동 원리와 겹쳤다.

내가 불쾌하여 얼굴을 찌푸리자 리리가 화제를 바꾸어주었다.

"하지만 대단했어. 설탕그릇의 내용물을 바꾸거나 테이

블 다리를 하나 빼다니."

"헤헹! 나는 장난꾸러기 요정이니까. 상대의 발을 묶거나 넘어뜨리는 게 특기니까!"

"또 금방 그렇게 기가 산다니까. 전에도 계획 없이 적 몬스터를 불러 모았잖아."

작은 몸을 떡 펴면서 자랑하는 장난꾸러기 요정에게 살짝 쓴소리를 했지만, 듣지도 않는 눈치였다. 그러자 마기 씨가 뭔가 깨달은 듯이 말했다.

"저기, 내 불의 요정은 생산 보조를 해주는데, 이 장난꾸러기 요정은 전투 보조를 해주는 거 아냐? 클로드의 어둠의 요정이 적에게 상태이상을 거는 것처럼."

"그래. 그럴지도 모르겠군. 발을 묶거나 적을 끌어들이는 것도 훌륭한 전력이고."

"그럼 내 바람의 요정은 뭘 할 수 있어?"

다들 자기에게 붙은 요정의 능력에 대해 진지하게 생각하기 시작했다.

나는 여태까지 짜증 난다고 생각하며 진지하게 마주 보지 않았다.

에밀리에게도 들은 말이지만, 한 번 제대로 마주 볼 필요가 있을지도 모르겠다.

분명히 전투를 거의 하지 않기 때문에 전투면에서의 보조 능력이라는 생각이 없었다.

나는 장난꾸러기 요정을 바라보며 살짝 중얼거렸다.

"더 친해질 필요가 있었을까. 아니, 앞으로 더 친하게 지내자."

그런 결의를 가슴에 품고 차를 마시다가 다시금 소금 홍차를 내뿜었다.

소금 홍차가 남아 있는 걸 잊고 있었다.

●

그 다과회 이후로 장난이 비교적 잦아들었다. 그래, 비교적.

"아하하하! 전진, 전진!"

"꾸우~."

자쿠로의 등에 올라탄 장난꾸러기 요정은 자쿠로가 가게 안을 쫄랑쫄랑 뛰어다니는 것만으로도 재미있어했다. 자기가 나는 편이 빠르지 않나? 싶은 마음으로 곁눈질하면서 나는 모험 준비를 하고 있었다.

최근 며칠 동안은 클로드에게서 받은 레시피 중에서 현재 만들 수 있을 만한 약을 고르거나 해독이 끝난 레시피와 [조합]의 미해독 레시피책을 비교하면서 읽었다.

해독이 끝난 레시피를 사용하면 [언어학]의 해독 속도도 빨라진다. 해독이 끝난 소재명이나 순서를 참조하면서 새로운 레시피를 개척하였다.

그리고 오늘은 현재 자력으로 입수할 수 있는 소재를 찾으러 마을 밖으로 나갈 예정이다.

"뤼이, 자쿠로, 그리고 요정. 마을 밖으로 나가자."

"뭐야, 뭐야? 피크닉?!"

"아쉽지만 오늘은 소재를 모으러 가는 거니까. 게다가 금방 끝나는 내용이니까."

내가 그렇게 대답하자, 뤼이와 자쿠로는 낙담한 것처럼 고개를 숙였다. 하지만 평소에 밖에 나가는 일이 적은 장난꾸러기 요정은 그래도 기쁜 모양이었다.

"그럼, 그럼! 우리 요정을 위해 얼른 마물의 부하를 쓰러뜨리고 요정마을을 해방해줘!"

"마을 밖에서 적의 반응이 근처에 있으면."

"으음! 할 마음이 없어! 더 의욕을 내봐! 적은 언제 습격해올지 모르니까!"

"그래, 그래. 그럼 가자."

장난꾸러기 요정은 내 어깨에 앉아선 요정 퀘스트를 진행하라고 재촉했지만, 나는 가볍게 흘려들으면서 뤼이와 자쿠로를 데리고 마을을 나섰다.

이번에 가는 장소는 제1마을의 남동쪽에 있는 습지대 깊숙한 곳이다.

습지대의 안쪽에 있는 어느 장소를 향해 걸어갔다.

습지대를 이동하는 법을 아는 내가 적을 가급적 회피하면서 가자, 질퍽거리는 지면과 나무들이 난 습지대 안에 뻥 트인 구역이 나타났다.

말라비틀어진 목책을 둘러친 묘지. 그리고 가장 안쪽에는 묘비 두 개가 겹치듯이 쓰러져 있고, 그 밑으로는 지하묘지가 숨겨져 있었다. OSO에 가끔씩 있는 소규모 던전 중 하나의 입구였다.

묘지의 지하던전답게 귀신 계열의 몹이 대부분을 차지한다.

"아아! 흉흉한 묘비 밑에 이어지는 계단! 모험의 예감! 모험의 예감!"

"아니, 안 갈 거니까."

"왜?!"

이번 예정에는 없고, 애초에 귀신이 싫다.

내가 노리는 건 묘비 옆에 자라는 식물이다. 잘 살펴보면 때때로 이파리를 살며시 흔드는 식물형 몹이 있었다.

나는 벨트에 찬 식칼을 뽑아서 이파리를 누르고 흙을 헤집듯이 식물의 뿌리에 칼을 꽂았다.

뿌리가 흙 속에서 버둥거리고 이파리를 사납게 흔들던 식물은 내가 눌러대는 힘에서 빠져나갈 수 없어서 차츰 얌전해졌다.

"어, 설마 만드라고라?!"

"정답. 드랍은…… [수컷 만드라고라]인가. 뭐, [암컷 만드라고라]는 레어니까."

그렇게 말하며 인벤토리에서 방금 드랍된 만드라고라를 장난꾸러기 요정에게 보여주자, 히익 하고 비명을 질렀다.

만드라고라의 얼굴은 뭉크의 절규처럼 고통으로 가득한

표정이지만, 내게는 그냥 뿌리가 여러 가닥으로 나뉜 무가 인간 얼굴과 비슷한 걸로밖에 보이지 않으니까 무섭지 않다.

"그, 그거! 귀신보다 훨씬 위험한 거잖아!"

"만드라고라는 재배할 수 없으니까 이렇게 묘지까지 캐러 오는 거야. 하아, 밭에서 재배할 수 있었으면."

씨앗은 없고, 애초에 몬스터 취급이라서 재배할 수 없다. 혹시 [조교] 센스를 사용하면 희망이 있을지도 모르지만, 센스에도 반응이 없었다.

"그만둬! 그렇게 무서운 거! 주위를 파멸시키는 비명을 지르는 식물이니까."

"알고 있으니까 비명을 못 지르게 땅 속에서 처치했잖아."

만드라고라는 약한 부류의 몹이다. 내가 일방적으로 쓰러 뜨릴 수 있을 정도의 몹이지만 대처법을 모르면 아주 귀찮은 몹이 된다.

일단 모르는 사이에 플레이어에게 다가간다. 풀로 의태해서 다가가거나 약초 부분이 채취되기를 기다린다.

그리고 뽑히거나 전투가 시작되면 지면에서 튀어나와서 [저주], [매료], [혼란], [분노] 등의 정신 계열 상태이상의 비명을 광범위에 울려 또 다른 몹들을 불러 모으는 등의 능력이 있다.

그런 만드라고라가 지면에서 튀어나오지 않도록 누르면서 선제공격하는 방법을 택하여 쓰러뜨렸다.

"어디, 약의 재료를 열심히 모아봐야지."

"히, 히이이익! 만드라고라 같은 요정마을의 초위험생물을 웃으면서 잡초 취급하다니!"

뤼이의 갈기에 달라붙어서 몸을 떠는 요정을 무시하고 묘지의 입구 부근에 있는 만드라고라를 죄다 회수했다. 만드라고라의 암수 비율은 수컷이 4, 암컷이 1. 이번에는 숫자가 부족하지만, 또 암컷 만드라고라를 노려서 캐러 와야만 한다.

"어디, 여기서는 다 캤나. 이제 돌아갈까."

"그럼 저쪽! 저쪽이 지름길이니까!"

장난꾸러기 요정이 가리키는 방향은 북쪽이었다.

올 때는 남쪽의 습지대로 해서 왔는데, 묘지에서 북쪽으로 직진하면 제2마을로 통하는 길이 나온다. 오래간만에 제2마을에서 야채 같은 식재료 아이템을 살까 싶었다.

"알았어. 안내해줘."

"나한테 맡겨!"

그렇게 앞서가는 장난꾸러기 요정을 천천히 따라가자, 습지대의 질퍽거리는 지면에서 숲의 부드러운 흙으로 바뀌고, 한동안 더 가자 어떤 것을 발견했다.

"이거 빅보어의 새끼?"

남동쪽 구역에서 동쪽 구역으로 들어가면서 출현하는 적의 양상이 휙 바뀌는 가운데, 숨소리를 내는 비선공의 빅보어 옆을 촐랑촐랑 뛰어다니는 그림자가 보였다.

하얀 줄무늬와 타원형의 체형, 송곳니가 없는 모습은 새끼 멧돼지 그 자체.

업데이트로 추가된 요소 중 하나인 새끼 동물과 이런 타이밍에서 만날 줄은 몰랐다.

"뿌우~."

높은 울음소리를 내며 슬금슬금 다가왔다. 자쿠로와 비슷한 정도 크기의 새끼 멧돼지는 조준을 하고 뒷다리에 힘을 주어 자쿠로를 향해 달렸다.

"뿌우!"

"뀨우!"

"너, 너희들, 진정해."

갑자기 시작된 자쿠로와 새끼 멧돼지의 술래잡기. 두 마리는 내 발치를 돌기 시작했다.

나를 중심으로 계속 달리는 바람에 나는 발을 옮길 수도 없어서 난처하니 지켜보기만 했다.

"재밌겠다! 가라! 제쳐라! 제쳐!"

"제치라니, 무슨 경마야? 됐으니까 그만해!"

내 주위를 뛰어다니는 게 뭐가 재미있는지 모르겠다. 일단 적대 몬스터는 아니라 단순히 장난치느라 자쿠로를 쫓아다니던 모양인 새끼 멧돼지와 달리 자쿠로는 진짜로 겁먹어서 도망 다녔다.

이럭저럭 하는 사이에 자쿠로는 뤼이의 등 위로 뛰어 올라갔고, 나는 쫓아갈 수 없어서 뤼이의 발치에서 어쩔 줄 모르고 서성대는 새끼 멧돼지를 붙잡았다.

자쿠로보다 가볍고 털은 다소 딱딱하지만, 빅보어와 비교하면 부드러운 털이었다.

"뿌우~."

"자쿠로를 쫓아다니지 마."

"뿌우~."

"이해하긴 한 걸까?"

나는 한숨을 내쉬면서 두 손을 들어올린 새끼 멧돼지와 정면에서 시선을 교환했다. 동글동글한 눈동자와 벌름대는 코와 작은 귀, 뿌우 하는 김빠지는 울음소리에 나까지 기운이 빠졌다.

"──저기, 이거 어쩌지!"

"그래. 뭐, 딱히 사역 몹을 더 늘릴 생각은 없으니까 동료에게 돌려보낼 수밖에──."

"아냐! 세 번째 마물의 부하가 다가오고 있어!"

"여태까지 이쪽이 찾으러 갔는데 이번에는 저쪽에서 오나?"

나는 투덜거리면서 새끼 멧돼지를 지면에 내려놓고 요정이 가리키는 방향으로 눈을 돌렸다.

나는 조용히 고개를 끄덕이고, 뤼이에게는 자쿠로를 지켜서 환술로 모습을 감추라고 명했다.

나는 덤불이나 나무 그늘에 숨으면서 요정이 가리키는 곳으로 향했다.

오커 크리에이터의 추가 효과인 [인식저해]를 충분히 발휘해서 세 번째 손토큰 근처에 숨어서 낌새를 엿볼 수 있었다.

"이번에는 블레이드 리저드의 손토큰인가."

제2마을로 가는 길을 가로막는 초반의 보스 몹인 블레이드 리저드.

덤불에 침식된 모습을 보면, 날카로운 날붙이 비늘이 곤두섰고 팔다리에 덩굴이 얽혔으며 딱딱해진 동굴의 발톱이 나있었다. 알케나 무어 프로그와 마찬가지로 약점인 듯한 장미꽃을 왼쪽 눈와 꼬리 끝에서 찾아볼 수 있었다.

블레이드 리저드는 보스라고 해도 지금 레벨이면 쉽사리 쓰러뜨릴 수 있는 적이다. 하지만 덩굴에 침식되면서 얼마나 강화되었을지 모른다.

손토큰은 공통적으로 부근의 적 몬스터를 쓰러뜨리는 행동을 하니까, 그 전투시간으로 대략 그 강함이나 공격방법을 확인했다.

"잠시 낌새를 엿보고서——"뿌우~, 뿌우~."——설마."

소리가 들린 곳을 돌아보니 새끼 멧돼지가 조금씩 이쪽으로 다가오고 있었다. 뭔가를 찾는 듯이 주위를 두리번거리는 모습이었다.

마치 우리를 찾듯이 쫓아오는 듯하였다.

"저기, 이대로 내버려두면 마물한테 가겠어."

"알고 있어."

지금 블레이드 리저드의 손토큰은 주위의 몹을 닥치는 대로 공격하고 있다. 빅보어나 밀버드, 그레이래트 등의 몹을 그 이빨과 발톱과 꼬리로 쓰러뜨렸다.

"뿌우~, 뿌우~!"

우리를 찾는 걸까, 끊임없이 울음소리를 내는 새끼 멧돼지. [인식저해]의 효과로 우리 옆을 기대로 지나친 새끼 멧돼지를 지켜보며 나는 블레이드 리저드의 손토큰을 계속 관찰하였다.

"뿌우~~!!"

"아앗?! 걸렸다."

"SHURAAAAAA——."

눈앞에 나타난 새끼 멧돼지를 향해 메마른 위협소리를 내는 블레이드 리저드.

"뿌, 뿌우~, 뿌우~!"

블레이드 리저드의 위협에 겁먹으면서도 새끼 멧돼지는 우리를 계속 찾아다녔다.

그리고 블레이드 리저드가 앞다리를 쳐들었다.

"으으, 제길!——〈클레이 실드〉!"

나는 [인식저해] 상태에서 기습이라는 어드밴티지를 스스로 버리고 새끼 멧돼지와 블레이드 리저드 사이에 흙벽을 만들었다.

"〈인챈트〉——스피드."

휘두른 덩굴 발톱의 공격을 가로막아 잠깐의 시간을 번

틈에 단숨에 새끼 멧돼지까지의 거리를 달려가서는 주워들 듯이 낚아채고 달렸다.

"나 참, 더 일찍 돕기로 결단했으면 이런 귀찮은 상황이 되지 않았을 텐데. 나도 바보야."

"그렇더라도 무시하지 않은 것만큼은 잘했어!"

후드 안에 들어간 장난꾸러기 요정이 얼굴을 내밀고 귓가에서 그렇게 대답했다.

새롭게 나타난 우리를 향해 입을 크게 벌리고 위협하는 블레이드 리저드. 날카로운 비늘을 곤두세우고 경질화된 덩굴의 발톱을 지면에 세우며 사지를 뻗었다.

"관찰이 부족한 상태로 싸워서 이길 수 있을까?"

"나도 도울 테니까 무조건 이겨!"

"뿌우~ 뿌우~!"

장난꾸러기 요정에게 용기를 얻어서 나는 의욕을 냈다. 하지만 찾던 우리를 만나서 기쁜 건지, 품 안에서 코를 비비는 새끼 멧돼지를 어떻게든 하는 게 먼저다.

"나 참, 한 손을 못 쓰면 활도 못 써. 〈인챈트〉——어택, 디펜스!"

속도 인챈트 외에도 물리공격과 방어의 이중 인챈트를 더 걸어서 물리공격 일변도인 블레이드 리저드에게 대응했다. 그리고 그 직후에 크게 휘두르는 발톱 공격을 옆으로 뛰어서 피했다.

그걸 피한 뒤에 곤두선 칼날 같은 비늘을 가진 꼬리가 눈앞을 지나서, 크게 뛰어 피하길 잘했다고 생각했다.

그대로 백스텝으로 거리를 벌리면서 매직 젬을 블레이드 리저드에게 던졌다.

"먹어랏. ——[봄]!"

성대하게 터지는 봄의 매직 젬. 그건 이전에 블레이드 리저드에게 사용했던 것과 같은 위력. 아니, 그때보다 거기에 담긴 흙 마법의 레벨이 올라서 위력이 늘어난 공격이다.

"SHURAAAAAA——."

"역시 공방, 두 개 모두 강화되었나."

손토큰으로 변한 영향으로 어중간한 공격은 통하지 않는다. 무어 프로그나 알케니에게도 대미지는 들어가는데 반응이 좀처럼 없었다.

"이 녀석, 다른 녀석보다 세지 않아?"

"그야 그렇지. 마물도 우리가 요정마을에 가는 게 싫으니까, 나머지 부하에게 힘을 주어서 강하게 만든 게 분명해."

"그럼 이다음 손토큰은 더 강해진다는 소리네. 처음 듣는 이야기야."

"응, 지금 처음 말했으니까."

꼭 전투 중에 충격적인 진실을 고백하지 않아도 되는데. 하늘을 우러러보고 싶지만, 지금은 적에게서 눈을 뗄 수 없다.

슬금슬금 거리를 벌려서 공격이 닿지 않을 위치까지 새끼 멧돼지를 놓아주려고 한 걸음 뒤로 물러났더니, 배후의 지면에 녹색 벽이 생겨났다.

"설마 덩굴 벽인가!"

"이거 완전히 퇴로가 막혔네. 어쩔래?"

나와 블레이드 리저드를 둘러싸는 덩굴 벽으로 구성된 배틀 필드는 그야말로 프로레슬링의 철창 데스매치 같았다.

새끼 멧돼지를 껴안은 상태로는 도망칠 수 없다.

"싸울 수밖에 없나."

왼손에 새끼 멧돼지를 껴안고 오른손으로 식칼을 들었다. 다만 식칼의 칼날보다도 블레이드 리저드의 곤두선 비늘 쪽이 길기 때문에, 어지간히 잘 노리지 않으면 그 몸에 공격이 닿지 않는다.

"SHURAAAAAA──."

"칫!"

배후의 덩굴과 정면의 블레이드 리저드와의 사이에 끼지 않도록 움직였다.

이 덩굴의 데스매치 스테이지는 파티로 움직이기엔 좁다. 아마도 솔로 플레이어용으로 만들어졌다. 원거리에서의 일방적인 공격을 저지할 목적인 방벽일까, 아니면 일격이탈 전법을 취하지 못하게 하려는 우리일까.

"위험해!"

몸이 내리치는 발톱, 휘두르는 꼬리, 깨무는 이빨, 곤두선 비늘을 살린 태클. 온몸을 사용한 블레이드 리저드의 공격을 계속 피하면서 나는 관찰하였다.

"역시 눈이 좋아졌어."

알케니와의 싸움에서 느낀 능력을 지금 확실히 자각했다.

적의 공격이 다가드는 순간, 세계의 움직임이 완만하게 보였다. 그렇다고 내가 평소처럼 움직일 수 있는 건 아니다. 그저 그 순간만 내 움직임도 포함하여 모든 게 슬로우 재생될 뿐이다.

하지만——.

"생각할 시간이 있다면 최선의 행동을 택할 뿐이야!——〈식재료의 소양〉!"

공격을 받는 순간 슬로우 모션이 되는 세계를 이용하며 적의 공격을 예측하고 최소한의 움직임으로 피하면서 다음 행동의 대책을 정한다.

그중 하나가 〈식재료의 소양〉을 사용한 적의 약점 해석이다.

공격을 계속 피하면서 상대의 약점인 장미꽃을 찾아내고, 그중 하나를 노려서 반격했다.

"합!"

"GYAAAAAAA——."

꼬리 후려치기에 대한 카운터란 느낌으로 식칼을 휘둘렀다. 꼬리 끝에 핀 장미꽃을 베어서 몸부림치는 블레이드 리저드.

손토큰에게 공통되게 핀 장미꽃. 거기에 〈식재료의 소양〉의 마커가 반응하여 그곳을 노렸다.

"해냈어. 공격이——!"

공격이 통했다. 그 사실에 기뻐할 틈도 없이, 블레이드 리저드와 이어진 굵은 덩굴이 이쪽을 덮쳤다.

적은 기생한 블레이드 리저드만이 아니라 땅속에서 덩굴을 뻗은 가시덩굴이라는 사실을 잊고 있었다. 블레이드 리저드가 나뒹구는 모습에 호응하듯이 마구 날뛰는 가시덩굴이 이쪽을 향했다.

[하늘의 눈]을 이용하여 생겨난 사고시간 속에서 안전지대나 회피 타이밍을 찾아낼 수 없어서 나는 당황할 따름이었다.

'어쩐다, 어디로 도망치면, 어디로 피하면——.'

유효한 수단을 찾아낼 수 없어서 나는 방어 자세를 취했다.

가시덩굴에 어깨부터 부딪치는 자세를 취하여 새끼 멧돼지를 지키듯이 껴안았다.

"으윽——!"

통나무처럼 굵은 가시덩굴이 어깨를 세게 때리고, 그 충격에 뒤로 날아갔다.

어깨에 박힌 가시덩굴과 충격을 순간 견디면서 배후의 가시덩굴의 벽에 부딪쳤다.

어깨와 등에 가시가 꽂혀서 일련의 대미지로 HP의 40퍼센트가 깎이고 지면에 무릎을 꿇었다.

장난꾸러기 요정은 가시덩굴이 덮치기 전에 하늘로 도망쳤고, 품에 안은 새끼 멧돼지도 무사했다. 다만 내가 충격을 완전히 죽이지 못했는지 새끼 멧돼지는 다소 대미지를 입었다.

"지금 회복해줄 테니까."

내 회복보다 먼저 품 안에서 약한 신음소리를 내는 새끼 멧돼지를 지면에 내려놓고 하이포션을 썼다.

"얼른 일어나서 피해!"

장난꾸러기 요정의 목소리에 고개를 들자, 블레이드 리저드의 굵은 꼬리가 눈앞으로 날아들고 있었다.

"──?! 부탁해!"

회피할 수 없다고 깨달은 나는 새끼 멧돼지를 공중으로 내던졌다. 그 직후에 훅처럼 곡선을 그리는 꼬리가 내 측두부를 때렸다.

내 HP가 감소하는 가운데 상공으로 내던져진 새끼 멧돼지를 장난꾸러기 요정이 붙잡아서 낑낑대면서 가시덩굴의 벽 밖으로 데려갔다.

벽 밖에는 뤼이와 자쿠로가 있다. 이러면 안심이라고 생각하면서 HP가 0이 되는 동시에 내 시야는 시커멓게 칠해졌다.

그리고 암전하는 시야와 표시되는 선택지──'소생약을 사용하겠습니까?'에 대하여 망설이지 않고 [YES]를 택했다.

"자, 다시 가볼까."

나는 천천히 일어서서 블레이드 리저드와 다시금 마주 보았다.

하이포션을 하나 꺼내어 썼지만, 그래도 부족했기 때문에 또 한 병을 사용하여 HP를 완전 회복하였다.

"너 괜찮아? 당했잖아?"

"괜찮아? 그보다도——"가시덩굴 밖으로 잘 데려갔어."
——잘했어."

새끼 멧돼지의 피난을 마친 장난꾸러기 요정이 다시금 내 어깨로 돌아왔다.

"그래서 나로서는 꼭 이겨야만 하겠는데, 승산은?"

"자신은 없어. 하지만 할 수밖에 없잖아."

그렇게 말하고 무기를 식칼에서 검은 소녀의 장궁으로 바꾸었다.

"그래서 나는 뭘 하면 돼?"

"승부는 한순간. 급소를 노릴 거야. 그러니까 전력으로 상대의 주의를 끌어줘."

"간단한 작전은 알기 쉬워서 좋아!"

그렇게 말하고 장난꾸러기 요정은 내 어깨에서 날아올라서 블레이드 리저드의 시선 끝에서 돌개바람을 만들어 내쏘았다. 장난용이라서 공격력이 없는 바람이지만, 얼굴에 끊임없이 바람을 맞은 블레이드 리저드가 짜증나는 듯이 발톱이나 꼬리를 휘둘렀다. 또 상공의 장난꾸러기 요정을 공격하려고 했지만, 지면과 이어진 가시덩굴이 족쇄가 되어서 닿지 않았다.

"헤헹, 또 간다!"

계속해서 도발하는 장난꾸러기 요정.

그 틈에 나는 준비를 하였다.

소생약으로 부활하느라 아까 걸었던 인챈트 등의 강화효과가 사라졌기에 다시금 걸었다.

"〈인챈트〉──어택, 디펜스, 스피드. 〈커스드〉──디펜스!"

나 자신에게 버프를 걸고 블레이드 리저드에게 방어 디버프.

그리고 공격력 증가 효과의 강화환약을 먹어서 아이템으로도 버프를 걸었다.

"효과시간은 3분. 공격력 +8의 순간 최대 화력이다."

하지만 이걸로 끝나지 않는다.

내가 꺼낸 것은 불의 속성석과 독의 상태이상약을 합친 화살이다.

"〈엘리먼트 인챈트〉──웨폰."

불 속성의 인챈트를 검은 소녀의 장궁에 걸고 독화살을 시위에 걸었다. 이걸로 아츠를 통한 공격력 보정을 더한 일격으로 적의 약점을 노린다.

"이걸로 끝내자. ──〈궁기 – 단발꿰기〉!"

가장 익숙한, 확실히 명중하는 일격. 내가 날린 일격은 장난꾸러기 요정에게 정신을 빼앗긴 블레이드 리저드의 한쪽 눈에 빨려들 듯이 꽂혔다.

꼬리 끝에 이어서 한쪽 눈의 장미도 흩어진 블레이드 리저드가 나머지 한쪽 눈으로 날 노려보았다.

여태까지의 누적 대미지에다가 방금 전의 일격, 또한 독의 도트 대미지가 들어가기 시작해서 적의 남은 HP는 2할 밑으로 떨어졌다.

일격으로 끝내지 못하고 [독3]의 디버프만으로는 쓰러뜨릴 수 없는 가운데, 다시금 내게 타깃이 넘어와서 블레이드 리저드가 돌진해 왔다.

입을 크게 벌리자 그 안에서 몇 개의 가느다란 가시덩굴이 보였다.

알케니의 손토큰에게 당했던 걸 떠올리니 좌악 소름이 돋았다.

"나한테서 HP를 빨아먹을 셈인가!"

나에게 밀려들 듯이 덤비는 블레이드 리저드에게 나는 카운터처럼 매직 젬을 발동시켰다.

"——[클레이 실드]!"

나는 소리치며 지면에 매직 젬을 내던졌다.

보석이 기점이 되어 지면에서 흙담이 솟구치고, 블레이드 리저드의 아래턱에 부딪쳐서 강제로 입을 다물게 했다.

그리고 나는 블레이드 리저드의 머리에 올라타듯이 뛰어올랐다.

"이걸로 그 입을 틀어막아주지!"

인벤토리에서 꺼낸 철의 금속실을 몇 겹이나 감아서 동여맨 입을 벌리지도 못하고 블레이드 리저드가 머리를 흔들며 날뛰었다. 머리에 올라탄 나는 견디다 못해 떨어졌지만, 곧바로 지면을 구르듯이 일어서서 상공으로 활을 겨누었다.

"유도해줘!"

"맡겨줘!"

장난꾸러기 요정이 가슴을 펴고 대답하는 걸 듣고 상공으로 화살을 날렸다.

그리고 눈앞에서 금속실을 벗기려고 날뛰는 블레이드 리저드에게 시선을 주다가 아차 싶었다. 몇 겹이나 감은 금속실이 견디다 못해 빠직빠직 비명을 지르고 있었다.

"조금 더 얌전히 있으라고!——[클레이 실드]!"

다시금 솟구친 흙벽을 맞은 블레이드 리저드는 머리가 어질거려서 행동이 둔해졌다. 그 순간 다시금 그 머리에 뛰어든 나는 떨어지지 않도록 내 손으로 금속실을 휘감고 더 세게 블레이드 리저드의 입을 동여맸다.

"큭!"

물기 공격으로 HP 흡수하는 것을 막기 위해 금속실로 입을 동여매는 나.

줄어든 HP를 회복하기 위해 나를 떨어뜨리고 깨물려는 손토큰.

전력으로 날뛰고 지면을 뒹굴며 떨어뜨리려고 했다.

날 떨어뜨리려고 하는 블레이드 리저드를 방어하는 게 불가능해서 가시덩굴 벽에 몸을 부딪쳐 그 충격을 막지도 못하고 고스란히 받은 내 HP는 슬금슬금 깎여서 60퍼센트가 사라졌다. 그래도 금속실을 놓지 않고 이를 악물며 버텼다.

그리고 날뛰는 블레이드 리저드가 가시덩굴 벽에 돌진하

여서 나는 충격 대미지로 다시금 사망 판정을 받았다.

시야가 암전하고 손발의 힘이 순간 풀어졌지만, 곧바로 소생약으로 부활하여 다시금 졸랐다.

블레이드 리저드가 벽에 거듭 몸을 부딪치고 그때마다 죽어서 부활하는 나.

도합 여섯 번의 사망과 소생을 반복하자, 그것은 갑작스럽게 찾아왔다.

"SHURAAAAAAAAA──."

몸을 뒤로 젖히던 블레이즈 리저드의 손토큰은 다문 입 사이에서 가느다란 가시덩굴을 혀처럼 내밀며 메마른 숨소리를 내다가 쓰러졌다.

독의 도트 대미지만으로는 쓰러뜨릴 수 없었던 손토큰.

그리고 마지막으로 결정타를 가한 것은──장난꾸러기 요정이었다.

"난 최강! 유도 완벽!"

상공으로 날린 화살을 바람으로 조작해서 멋지게 블레이드 리저드의 등에 있는 마지막 장미꽃을 관통시켰다.

"땡큐. 네가 없었으면 못 이겼어."

"흐흥. 나를 더 칭찬하라고!"

"너무 잘난 척하긴."

나는 다친 몸을 치료하고 방어구를 고치기 위해서 하이포션과 MP 포션을 사용했다. HP는 회복되고 방어구는 [자동 수복] 효과로 MP를 흡수하여 내구도를 회복시켰다.

"그렇긴 해도 이렇게 불리한 상황에서 싸우는 건 지긋지 긋해. 다음에는 압도적인 어드밴티지에서 싸워야지."

나는 스스로에게 맹세하듯이 말했다.

주위에 깔린 가시덩굴의 벽도 스르륵 지면으로 들어가고, 그 너머에서는 뤼이와 자쿠로, 그리고 새끼 멧돼지가 기다리고 있었다.

"나 왔어. 걱정 끼쳐서 미안해."

나는 한 마리씩 다정하게 쓸어주면서 근처 나무에 등을 기대고 길게 숨을 내쉬었다.

마지막 일격이 없었으면 아마 내 소생약이 먼저 떨어졌을 것이다.

세 번째 손토큰의 약점인 장미는 세 군데. 이번에는 한쪽 눈, 꼬리, 그리고 등에 곤두선 비늘 사이였다.

입을 금속실로 동여매기 전에 날린 화살을 상공의 장난꾸러기 요정이 바람으로 유도해서 세 번째 약점인 장미꽃을 꿰뚫었다.

몸을 던지면서까지 시간을 벌어서 우리는 승리하였다.

화살 유도에 실패하여 겨냥이 빗나가거나 먼저 내 힘이 다해서 HP가 흡수되거나 소생약이 떨어졌을 경우, 죽어서 마을로 돌아갔겠지.

반성점은 많이 있다. 하지만 지금은 일단 지쳤다.

싸움 직후라고 생각할 수 없을 만큼 조용한 바람이 부는 나무그늘에서 잠시 휴식을 취했다.

4장   연령사칭약과 도깨비

잠시 동안 나무 그늘에서 휴식을 취하고 장비나 상황을 확인하였다.

세 번째 손토큰인 블레이드 리저드는 첫 번째인 알케니, 두 번째인 무어 프로그와 비교해도 명백히 강했다. 그리고 무엇보다도 플레이어 쪽이 유리하지 않도록 가시덩굴 벽을 사용하였다.

그런 가운데 장난꾸러기 요정이 뭔가를 깨달은 것처럼 큰 반응을 보였다.

"아! 근처에 네 번째의 기척이!"

"이제 돌아갈래. 이렇게 연속해서 싸웠으니까."

"에엣, 우리의 연대는 최강이니까! 가자~, 응? 가자~."

작은 몸으로 내 어깨를 마구 흔드는 장난꾸러기 요정.

블레이드 리저드와의 전투에서 멋지게 승리한 장난꾸러기 요정은 아주 기가 살아서 마지막 손토큰의 위치로 날 데려가려고 했다.

나도 거기에 이끌려서 무거운 엉덩이를 들고 이동하는 가운데, 영역의 경계선에 도달했을 때 새끼 멧돼지가 울기 시작했다.

"뿌우, 뿌우!"

"음? 왜 그래?"

"뿌우뿌우!"

"얘는 여기서 못 나가니까 여기까지밖에 못 따라오나 봐."

영역의 경계선에서 제자리걸음만 하는 새끼 멧돼지. 뤼이와 자쿠로가 함께 행동하기 때문에 잊고 있었는데, 빅보어의 새끼는 내 사역 몹이 아니었다.

새롭게 동료로 얻을 생각은 없지만, 그래도 짧은 동안 친하게 지냈으니까 아쉬움이 남았다. 하지만 이 자리에 계속 있을 수도 없다.

"미안해. 하지만 다음에 올 때, 또 놀아줄 거지?"

"뿌우!"

기운 찬 울음소리와 함께 숲 안쪽으로 달려가는 새끼 멧돼지. 어깨에 앉은 장난꾸러기 요정은 '기대할게~'라고 대신 대답해주었다.

그럼 조만간 또 여기에 오자. 그렇게 결심하는 한편, 장난꾸러기 요정이 새끼들의 말을 통역할 수 있다는 사실에 내심 놀랐다. 이 녀석 은근히 스펙 높지 않아?

또 요정의 수수께끼가 깊어졌을 때, 장난꾸러기 요정이 의기양양하게 날 데려간 곳에서 목격한 것은——.

[푸우…… 쿠우…….]

"……어이, 왠지 엄청나게 위험한 존재가 눈앞에 있는 것 같은데?"

"응. 최대급으로 위험한 녀석. 나도 어떻게 못 하겠어."

"아니! 입에서 무슨 기염 같은 걸 토하는데!"

수증기 같은 하얀 입김이 입의 날카로운 이빨 사이에서 뿜어져 나왔고 아지랑이로 주위가 흔들려 보였다.

　상대는 홉고블린에 기생한 손토큰인 듯했다.

　그 결과, 몸이 거대해지고 근육질의 도깨비로 변했다. 가시덩굴이 비틀린 것처럼 얽힌 두 뿔 사이로 하얗고 시커먼 전기를 방전하면서, 그 흉흉한 실루엣이 눈에 꽂혔다.

　"장미꽃의 수는 네 갠가."

　흰자위를 뜬 도깨비의 한쪽 눈에는 한 송이 장미가 피었고, 그 외에도 오른쪽 어깨와 목덜미, 왼쪽 가슴에 각각 약점인 장미꽃이 피어 있었다.

　홉고블린이 본디 가진 곤봉은 가시덩굴과 팔이 일체화되어 녹색의 가시몽둥이로 변했다.

　"으음, 운이 안 좋아. 쓰러뜨리는 순서가 달랐으면 더 편했을 텐데."

　"최악이야. 나는 더 즐겁게 퀘스트를 클리어하고 싶은데."

　"뭐, 운이 없었다고 생각하고 가보자!"

　즉 나는 제일 강한 부류의 손토큰과 그 녀석이 가장 강한 상태에서 대치해야만 한다는 소린가.

　아니, 아직이다. 아직 할 수 있다. 장미꽃이 약점이란 사실은 여태까지의 싸움에서 판명하였다. 여기서 해치우자!

　"간다!"

　"힘내!"

　나는 활을 들고 약점인 한쪽 눈의 장미꽃을 노렸다.

정면에서 날린 일격은 똑바로 도깨비 손토큰에게 날아갔지만, 지면에서 솟구친 가시덩굴 장벽에 가로막혔다.

거기에 부딪쳐서 툭 하고 지면에 떨어진 화살. 그리고 이쪽의 공격을 깨달은 도깨비는 가시덩굴 장벽을 가르며 천천히 이쪽으로 걸어왔다. 그사이에 지면에 떨어진 화살이 밟혀서 잔가지처럼 부러졌다.

"아앗! 회수하면 더 쓸 수 있는 화살이!"

"지금 그게 중요해? 아니, 왔어! 왔어!"

[쿠아아아아아아아아──]

흰자위를 까뒤집은 도깨비가 우리에게 포효를 내질렀다.

한 차례 발을 구르자 지면에서 주먹보다 더 큰 호두열매 같은 것이 산처럼 툭툭 나타났다.

그걸 움켜쥔 도깨비는 녹색 가시 몽둥이를 휘둘러서 그걸 깨뜨렸다.

소리로 치자면 진짜로 호두처럼 단단한 껍질에 싸인 열매 같았다.

"어? 어어어어?! 원거리 공격?!"

"후퇴! 후퇴!"

배트에 얻어맞은 직후 상공으로 흩어지는 호두 같은 것. 하지만 그 몇 초 뒤에 공중에서 껍질이 터지고 안에서 자잘한 알갱이가 산탄처럼 쏟아졌다.

피할 수도 없어서 그 산탄의 폭풍을 온몸으로 맞았다.

정신이 들고 보니 지면에 드러누워 있었다.

"크윽, 아프다. 뭐야, 원거리 공격이 있잖아."

무어 프로그보다도 사정거리가 긴 공격이었다. 멀리서 안전을 확보하고 싸움을 시작하려고 했는데, 상대의 공격범위 안이었다.

"이거 일단 도망쳤다가 다시——."

그때 깨달았다. 온몸에 쏟아진 산탄의 정체가 자잘한 씨앗이라는 사실을. 그게 급속하게 싹을 틔우며 성장하더니 가느다란 가시덩굴이 내 손발에 얽혀서 지면에 붙들고 있었다.

"얼른 도망쳐야 하는데! 저 손토큰이 다가와!"

"알고 있어! 큭, 〈인챈트〉——어택!"

몸속에 침입하지는 않았지만, 경이적인 생장속도로 몸을 구속하고 들었다. 나는 허리의 벨트에 있는 식칼을 뽑아서 끊어내었지만, 그래도 좀처럼 숫자가 줄지 않았다.

"얼른, 얼른!"

"제길, 좋아, 풀었다!"

오른손 하나로 왼손에 얽힌 가시덩굴을 끊어내는 사이에 허리부터 아래를 녹색 덩굴로 뒤덮였다. 그리고 머리 위에서 드리워지는 그림자에 고개를 들어보니 도깨비의 흰자위와 눈이 마주쳤다.

"아……."

그 직후 똑바로 떨어진 가시 몽둥이의 일격을 받고 내 몸이 힘을 잃었다.

시야도 암전하고 소생약의 사용 메뉴 화면이 나타났다.

여기서 부활해도 아직 가시가 얽힌 상태고 근처에 도깨비가 있다. 그렇다면 또 당할 뿐이니까, 얌전히 죽고 마을로 돌아가기를 선택했다. 몸이 빛의 입자가 되었다.

"……저기, 어쩔래?"

"어쩐다니 어쩌는데?"

[아트리엘]의 어둑어둑한 공방 바닥에 앉아서 함께 고민하였다.

아무리 발버둥을 쳐도 그 손토큰에게는 이길 수 있을 것 같지 않다.

그러면 생각할 수 있는 방법은 세 가지다.

첫 번째는 동료를 모아서 파티로 싸운다.

두 번째는 장비를 강화하여 대미지 효과를 높인다.

세 번째는 레벨을 올려서 스스로를 강화한다.

"그렇다면 제일 금방 할 수 있는 파티 전투! 바로 사람을 찾는 거야!"

"그 전에…… 활시위가 끊어졌으니까 무리."

그렇게 말하고 시위가 끊어진 검은 소녀의 장궁을 장난꾸러기 요정에게 보여주었다.

연속으로 싸운 데다가 방금 전의 싸움에서 시위가 제대로 끊어진 모양이었다.

"이거 리리한테 보여줘야 하겠어."

"음, 뭐야. 요정마을을 해방하고 싶었는데."

"어쩔 수 없잖아. 뭐, 가능한 일은 해볼까."

나는 무거운 엉덩이를 떼어 얼른 리리에게 연락했다. 마침 가게에 있는 참이라서 약속을 잡았다.

"그리고 뤼이랑 자쿠로도 돌봐줘야지."

내가 죽어서 마을로 돌아가는 것을 택한 시점에서 강제 송환된 뤼이와 자쿠로를 다시 소환하였다.

내가 죽은 것을 걱정하였는지, 제일 먼저 품에 뛰어들어서 낑낑 울음소리를 내는 자쿠로와 불만스럽게 박치기를 거듭하는 뤼이. 그리고 장난꾸러기 요정은 왠지 히죽거리면서 이쪽을 바라보았다.

"왜 그래?"

"아니, 사랑받는구나 싶어서."

그 한마디를 들으니 '남들이 걱정해주는 것도 나쁘지 않다'고 생각해서, 두 마리를 진정시킨 뒤에 [리리의 목공점]을 방문했다.

"어서와, 윤찌. 시위가 끊어졌다고 그랬는데, 얼른 봐도 돼?"

"어, 이런데⋯⋯."

리리는 내가 꺼낸 검은 소녀의 장궁을 조사하고서 곧바로 파손의 이유를 찾아내었다.

"이거 활 자체의 내구도도 떨어졌네. 시위를 교체하는 것만으로는 부족할지도. 근접전에서 공격을 받았어?"

"어어, 응, 몇 번."

몇 차례 소생약을 사용하는 사태가 되었을 만큼 공격을 받았다고는 말할 수 없었다.

"활은 기본적으로 검 같은 것처럼 받아내는 힘이 없으니까 무리하면 안 돼. 그래, 이틀이면 고쳐."

"어, 요정마을까지 얼마 안 남았는데."

불만을 말하는 장난꾸러기 요정의 입을 틀어막았다. 그렇게 서두르지 말라고 꾸짖었지만, 리리는 이미 작업에 집중해서인지 들리지 않는 눈치였다.

리리는 시위의 소재를 꺼내고서 한 차례 끙끙거리더니 이쪽을 바라보았다.

"저기, 윤찌. 분명히 금속실이랑 뱀부 파이버가 있었지?"

"응, [합성]으로 만든 거랑 남은 합성소재라면."

에밀리가 [합성]으로 만든 금속실과 마죽목에서 얻은 뱀부 파이버는 분명히 있다.

"그거 좀 나눠줄 수 있어? 지금 있는 시위랑 어느 쪽이 더 나은지 시험해보게."

"그거라면 지금 있는 걸로 줄게."

그렇게 말하며 인벤토리에서 꺼낸 구리와 철, 그리고 은금속실과 뱀부 파이버 실타래를 건넸다.

리리는 그걸 십여 개 단위로 정리하더니 흩어지지 않도록 꼬아서 시위를 만들었다.

그리고 진지한 표정으로 그렇게 만든 시위를 시험 삼아 시위 없는 활에 걸어서 나한테 건넸다.

"윤찌, 이거."

"어, 응."

한 차례 시위를 튕겨보았다. 구리 금속실로 만든 시위는 소리나 탄력은 예전의 시위보다 떨어졌다.

나도 리리도 만족할 수 없어서 다음 시위를 걸고 또 시험해보았다.

그렇게 몇 차례 반복하여 값비싼 금속실로 만든 시위의 테스트를 끝내고, 마지막으로 뱀부 파이버 시위를 튕겼다.

"?! 이거!"

"응. 이거야. 소리부터 완전히 달라."

은 금속실로 만든 시위도 나쁘진 않았다. 하지만 뱀부 파이버의 강한 소리와 탄력과 비교하면 몇 배나 달랐다.

"얼른 바꿔볼게."

그렇게 말하고 리리는 검은 소녀의 장궁에 뱀부 파이버 시위를 달았다.

"이렇게 다른가? 뱀부 파이버는 만들기도 쉽고 그리 비싼 소재도 아닌데, 활과의 상성 같은 게 있나?"

"그래. 금속실은 너무 튼튼해서 오히려 활 자체의 내구도 저하가 빨라지니까 장궁이나 강궁에는 안 맞나 봐. 쓸 거면 대형 몹의 다리에서 채취하는 힘줄로 만든 섬유 같은 게 좋을지도 모르겠어."

리리는 그렇게 말하고 지금 내 레벨에 맞는 시위를 조절한 뒤에 다시금 시위를 끌렀다.

"본체 쪽은 나중에 잘 조정해둘게. 그리고 윤찌가 뭐에 졌는지 모르지만 너무 무리하지 마."

"그래, 알았어. 조금 더 레벨을 올리고 파티를 짜서 도전할게."

리리에게 시위 교환 대금을 내고 가게를 나섰다.

이제부터 레벨업이라는 단어에 신이 난 장난꾸러기 요정과 함께 [아트리엘]로 돌아갔다.

●

내 머리 위에 앉아서 같은 냄비를 들여다보았다. 옆에는 책 한 권을 펼치고 있었다.

"저기, 강해지려는 거 아니었어?"

"이렇게도 강해질 수 있어."

약을 만들어 [조합] 센스의 레벨을 올린다.

"보통 강해진다는 건 적을 쓰러뜨리거나 싸우는 거 아냐?"

"…………."

"말 좀 해봐. 내 질문에 대답해~."

내 어깨로 이동해서 뺨을 작은 손으로 찰싹찰싹 때리는 요정.

내가 조용히 있자 거기에 질렸는지, 서늘한 공방바닥에 엎드린 뤼이와 자쿠로 쪽으로 날아가서 자쿠로의 꼬리 사이에 들어갔다.

애초에 한 번 죽어서 데스 페널티를 받은 상태로는 제대로 사냥도 할 수 없으니 얌전히 [아트리엘]에서 생산 활동에 전념하였다.

이걸로 좀 조용해졌다. 그렇게 안도의 숨을 내뱉고 레시피 책으로 눈을 주었다.

"뮤렐의 변화초에 활력수의 열매, 그리고 촉매가 되는 암수 만드라고라――."

책의 레시피를 손가락으로 더듬으면서 소재를 확인하였다.

이 레시피는 레이드 퀘스트의 보수인 [민간 약학 사전]에 있는 장난감 포션의 레시피 중 하나다.

책의 내용은 대머리 치료를 연구하면서 만든 마법약 [증모약]와 머리칼이 짧아지는 [축모약]의 제작법이었다.

뮤렐의 변화초는 여름 캠프 이벤트의 보수인 메이킹 박스의 랜덤 납품으로 입수해서 복제 기능으로 조금씩 수를 불려두었다.

밭에서 열매를 맺은 활력수. 그리고 마법약의 촉매인 만드라고라의 드랍템인 암수 만드라고라를 사용한다.

그 외에도 기존의 소재 다수를 사용하는 복잡한 레시피였다.

그 난이도에 맞는 경험치를 요구하지만, 내게는 이걸 완성시켜야만 하는 이유가 있다.

"내가 여자 취급 받지 않기 위해서라도 머리라도 짧게 할 필요가 있어."

그렇게 말하며 스스로의 긴 흑발을 가볍게 빗어 올렸다.

신체 보정이 여성적인 방향으로 걸렸기 때문에 몇 번이나 여자로 오해를 샀던가. 조금이라도 남자다워지기 위해 머리를 짧게 하려는 것이다.

"반드시 [축모약]을 완성시키겠어."

사실은 [증모약]의 덤 같은 레시피지만, 내게는 필요했다.

[증모약]에는 수컷, [축모약]에는 암컷 만드라고라를 사용하는데, 수순은 거의 같다.

처음에 촉매가 되는 암수 만드라고라를 깎아 넣어 분말로 만든다.

분말기로 잘게 부순 뒤에 또 막대사발로 최대한 작게 만든다. 그리고 시간이 걸리는 촉매 제작을 마치거든 일단 옆에 놔둔다.

이어지는 작업은 하이포션과 MP 포션을 정해진 배합비율로 섞어서 약불로 타지 않을 정도로 오랫동안 데운다.

"약불로 끓기까지는 뮤렐의 변화초를 처리해야지."

뮤렐의 변화초를 뭉개고 활력수의 열매에서 짜낸 즙을 뮤렐의 변화초에 섞는다.

식칼로 수십 개로 토막 내고 막대사발로 녹색 즙이 나올 때까지 짓뭉개고, 거기에 활력수의 열매에서 얻은 즙을 넣자 노랗게 색이 변했다.

막대사발에 가득해진 페이스트 상태의 뮤렐의 변화초. 이

걸 약불로 끓인 혼합액 안에 넣고 섞은 뒤, 마지막으로 처음에 만든 촉매로 반응을 촉진시켜서 위쪽의 맑은 액체를 모았다.

"이만큼 약초를 잔뜩 써서 만들 수 있는 게 포션 몇 병뿐이니까 수지가 안 맞아."

여태까지 내가 이 레시피에 손을 대지 않았던 이유 중 하나다. 이만한 소재를 쓸 거면 다른 포션을 만드는 편이 낫다. 하지만 지금은 효율보다도 경험치를 우선해서 이 포션 제작을 택했다.

"그리고 각각의 솥에 뮤렐의 변화초와 활력수의 혼합액을 섞고, 마지막에 암수 만드라고라 촉매에 반응한 액체를 떠내면 완성."

두 개의 작은 솥에는 각각 [증모약]과 [축모약]이 끓고 있었다. 잘 섞여서 다소 끈적거리는 액체는 부글부글 기포를 내고 있었다.

"촉매 투입까지 20분 이상 걸리는군. 그동안에 사용한 아이템이라도 보충할까."

활과 화살은 물론이고 전투에서 사용한 하이포션과 MP 포션, 소생약을 보충하지 않으면 다음 전투에도 참가할 수 없다.

잠시 눈을 떼겠지만, 상위 생산설비에는 타지 않도록 섞어주는 기능도 있으니 시간만 잘 체크하면 문제는 없다.

"일단은 소생약의 보충부터 할까. 그다음에는 화살 합성.

그리고 스테이터스 상승용 강화환약도."

만들 포션의 리스트를 만들면서 척척 소재를 준비하고 조합하였다. 소생약은 스킬에 따른 생산으로는 아직 실패가 발생하기에 이것만큼은 모두 수작업으로 하였고, 나머지 아이템은 생산 계열 스킬을 사용하여 MP를 소비하는 식으로 생산하였다.

소생약의 조합도 중간소재가 갖추어졌기 때문에 최적의 분량을 재어서 섞기만 하면 딱히 문제가 일어나지 않는다. 오히려 [증모약]과 [축모약]을 한번 확인해도 시간이 남았다.

"그래. 아이템 정리도 할까."

공방에서 혼자 중얼거렸다.

최근 입수한 소재의 구분이나 사용 빈도가 높은 아이템. 또한 퀘스트나 던전에서 입수한 장비를 정리했다.

"이건 [명랑의 갑옷]인가. [아트리엘]에 둘 장소가 없네. 다음에 누구한테 팔까. 하지만 아까운데."

전신갑옷의 유니크 장비인 [명랑의 갑옷]을 꺼내어 확인하였다. 그 외에도 강철검이나 나이프처럼 녹여서 주괴로 만들지, 그대로 NPC에게 팔지를 선택해야 할 장비를 늘어놓고 끙끙 신음하였다.

그런 내 눈을 피해 움직이는 존재가 있었다.

"이히히히, 내가 이렇게 재미있는 장면에서 장난을 치지 않을 수가 없지."

자쿠로의 꼬리에 파묻혀 있던 장난꾸러기 요정이 얼굴을 내밀고, 타지 않도록 기계적으로 휘저어대는 솥과 그 옆에 놓인 레시피 책을 보았다.

　"호오, 뮤렐의 변화초에 활력수라. 그렇다면······ 슬쩍해 온 해독 포션에 말린 버섯, 그리고 혼란 유발의 [착란초]와 매료 유발의 [유혹초]를 하나 추가하고 마지막으로 나의 [요정의 분말]을 뿌려서."

　물래 훔쳐둔 아이템이나 자유롭게 돌아다니며 장난꾸러기 요정이 입수했던 아이템을 솥 안에 계속 넣더니 마지막으로 요정의 날개를 살짝 흔들어서 거기서 떨어진 가루가 [축모약] 가마 안에 녹아들었다.

　"그리고 마지막으로 암컷 만드라고라의 촉매를 투입해서──"어이, 뭐 하는 거야!"──이런, 들켰다! 하지만 이미 늦었어!"

　내가 잠깐 눈을 뗀 사이에 장난꾸러기 요정이 솥 안에 만드라고라의 촉매를 병째 투입하였다.

　나는 손에 철제 인두를 든 채로 황급히 솥 옆으로 달려왔다.

　이미 촉매도 투입되었고, 장난꾸러기 요정이 불가에 바람을 보내어 화력이 단숨에 올랐다.

　끈적한 기운을 띤 솥의 내용물이 거세게 끓는 동시에 이상한 냄새를 풍기고, 솥 안이 레시피와는 다른 선명한 오렌지색으로 변했다.

"뭐야, 이거——."

내가 끝까지 말을 하기 전에 솥의 내용물이 튀었다.

빠앙 하는 코미컬한 폭발의 직격을 맞아 나는 바닥 위에
엉덩방아를 찧었다. 솥에서 분출하여 튄 오렌지색 액체와
적색과 핑크색의 연기를 온몸으로 맞았다.

공방에 울리는 폭발음에 뤼이와 자쿠로가 황급히 일어나
서 솥에서 거리를 두었다.

"콜록, 콜록……. 제길, 장난꾸러기 요정의 존재를 잊고
있었네. 모처럼 머리카락을 조정하는 포션인데."

나는 몇 차례 콜록대면서, 뿜어져 나오는 오렌지색 액체
를 보며 본래 포션과는 다른 것이 되었음을 알았다. 폭발의
충격으로 불도 꺼지고 천천히 부글거림이 잦아드는 두 솥.

"나 참, 모처럼의 소재가 날아갔……. 어어?!"

이 뒷정리를 어떻게 할지 머리를 긁적이던 때에 깨달았
다. 아니라고 생각하고 싶지만, 일단 일어섰다.

"영차. 왠지 눈높이가 낮아졌달까, 손발이 짧아졌달까."

깨닫고 싶지 않은 사실을 깨닫고 얼굴에서 싸악 핏기가
가셨다.

"뭐, 뭐야, 이건?!"

거기에 원흉인 장난꾸러기 요정이 눈앞에 모습을 보였다.

"후후후! 어때! 장난꾸러기 요정들 사이에 전해지는 비약
의 효과는?"

"비, 비약?!"

"그래. 누구나 한 번은 생각하지. [어른이 되고 싶지 않아] 와 [언제까지고 아이로 있고 싶어]라고. 그런 마음을 들어주는 영원한 낙원의 약! 그것이 [연령사칭약]이야!"

"뭐, 뭐라고!"

내 몸이나 얼굴을 철썩철썩 만지며 확인하였다. 발돋움을 하여도 기껏해야 열 살 전후의 몸에 불과하고, 얼굴도 꽤나 어려진 듯하였다.

여기에 머리카락까지 짧아지면 좋겠지만, 머리카락은 여전히 길었다.

"어이! 원래대로 돌아가는 방법은! 방법은 없어?!"

자랑스러운 얼굴로 설명하는 요정을 작아진 두 손으로 붙잡고 원래대로 돌아갈 방법을 캐물었다.

"그~만~둬~, 기분 나빠~."

"아, 미안."

너무 흥분해서 장난꾸러기 요정을 세게 흔들고 있었다. 그래서 머리가 어지러워진 장난꾸러기 요정은 손안에서 축 늘어졌다.

"약의 효과가 다 떨어지면 원래대로 돌아오니까, 그때까지 참으면 돼."

"정말로 괜찮은 거지? 그보다도 원래대로 돌아오는 레시피는——."

메뉴를 열고 레시피를 확인하니 분명히 [연령사칭약]이라는 레시피가 추가되어 있었지만, 반대되는 레시피는 없었다.

"반대 레시피! 어른이 되는 약!"

"있기는 있지만, 뮤렐의 변화초 숫자가 부족하지 않아?"

그 말에 나는 소재를 보존하는 아이템 박스 안을 확인하였다. 다소 남아 있지만, 약을 다시금 만들기에는 부족했다.

"……수가 없나."

내가 바닥 위에 주저앉자, 위로하듯이 자쿠로가 손끝을 날름날름 핥았다.

그 모습을 멍하니 지켜보면서, 폭발한 솥을 정리해야 된다는 생각에 비칠비칠 일어났다.

솥에 남은 액체——본래 [축모약]이 될 터였던 붉은색의 [연령사칭약]. 반대로 수컷 만드라고라를 촉매로 쓴 [증모약]만큼은 장난꾸러기 요정도 손을 대지 않았기에 끓어 넘치긴 했어도 완성되었다.

결국 빨간 [연령사칭약]은 포션 세 개, [증모약]은 포션 다섯 개만큼 남아 있었다.

모든 뒷정리를 마치고 후욱 한숨을 내쉬고서 깨달았다.

데스 페널티의 시간이 다 끝난 지금도 어린애가 된 영향으로 모든 스테이터스가 하향 조정을 받은 것 외에도 손발이 짧아지고 눈높이가 변했고 이따금 넘어질 것만 같았다.

힘이 없어진 나로서는 할 일이 없었다.

"어쩐다? 뭐 하지?"

"윤 언니! 나 왔는데 있어?"

"켁, 뮤우."

나는 허둥지둥 점포로 이어지는 문을 살짝 열고 낌새를 확인했다.

"뮤우, 그렇게 큰 소리를 내면 민폐예요."

"미안, 루카."

"저기, 나랑 리레이는 MP 포션을 보충할 건데, 히노랑 토우토비는 뭐 살 거야?"

"으음. 나는 하이포션이랑 샌드위치. 그리고 강화환약과 인챈트 스톤을 살래."

"……나도 같은 걸로."

"음, 결정이군."

뮤우네 파티가 가게 들어와선 저마다 물건을 집어서 NPC 쿄코에게 계산을 치렀다.

지금 내가 들키면 무슨 꼴을 당할지를 상상하니── 없는 척하기로 했다.

"괜찮아. 이대로 조용히 있으면, 조만간 "아, 여기 있어! 들어와!"……."

나는 목소리의 발생원을 보았다. 장난에 성공했다는 표정으로 씨익 웃는 장난꾸러기 요정. 바람을 조작해서 내 목소리를 흉내내어 뮤우를 불렀다.

왜 그런 하이스펙을 장난질에 쓰는 건데! 이 요정은!

"좋아! 언니한테 허락이 나왔어! 가자!"

"뮤우는 정말……."

"안 돼, 안 돼! 들키면 무슨 짓을 당할지 몰라."

"무우, 무웁!"

나는 또 이상한 장난을 못 하도록 요정을 붙잡아서 손으로 입을 틀어막았다.

뤼이는 뮤우네 파티가 들어오는 기척을 알아차리고 환술로 모습을 감추었고, 자쿠로는 장난꾸러기 요정과 함께 내품안에 들어왔다.

"어디 숨을 만한 장소! 숨을 만한 장소는 없나!"

정리된 공방에는 테이블 밑처럼 금방 들킬 만한 곳 말고는 빈 곳이 없어서 도저히 숨을 곳을 찾을 수 없었다.

"창문으로 탈출은! 아니, 높잖아?!"

키가 줄어들다 보니까 의자나 테이블을 이용하여 채광과 환기용 창문으로 탈출하다간 늦는다.

"뭔가, 뭔가, 뭔가…… 있다!"

나는 눈에 띈 거기에 몸을 숨겼다.

다 숨은 직후에 뮤우네 파티가 공방의 문을 열고 안에 들어왔다. 아슬아슬하게 숨을 수 있었던 모양이다.

"어라? 이상하네? 분명히 언니 목소리가 들렸는데."

"예, 저도 들었습니다."

뮤우는 의아한 눈치로 고개를 갸웃거리며 루카토와 시선을 교환했다.

그 뒤에서 코하쿠와 리레이 등도 공방을 엿보았다.

"뭐야, 윤 씨 없어? 리얼 쪽에 무슨 일 있나?"

"후후후, 그렇다면 조금만 기다리면 돌아오지 않을까요?"

리레이의 발언에 그도 그렇다면서 다들 이 자리에 앉았다. 다들 생산직의 공방이 신기한지 흥미 깊게 관찰하였다.

나는 서둘러 공방에서 나가주기를 빌면서 숨었다.

"우읍! 무읍?!"

"쉿, 조용히 해."

내 손에서 도망치려고 고개를 좌우로 흔드는 요정이었지만, 이 녀석을 놔줬다면 내가 숨어 있다는 걸 들킨다.

그리고 공방의 물건을 건드리는 일 없이 실내를 관찰하던 뮤우네 파티는 조금씩 내 쪽으로 다가왔다.

"여기에 놓여 있는 건 장비네."

"……그렇군요. 윤 씨는 [대장] 센스가 없으니까 모험 도중에 입수한 것이겠죠."

"주괴로 만들 준비만 해놓은 거 아냐? 아니면 가게를 장식하기 위해 꺼냈다든가. 이건 레이드 퀘스트 보수인 유니크 장비니까."

그렇게 말하며 내가 숨어 있는 곳을 뚫어져라 관찰하는 뮤우.

나는 정비를 위해 꺼내놓은 방어구 안에 숨어 있었다. 줄어든 몸을 감출 만한 갑옷 안에 자쿠로와 장난꾸러기 요정을 데리고 숨어 있었다.

"으음, 왠지 언니가 안 돌아올 모양이니까 오늘은 돌아갈까."

그렇게 말하며 공방의 문 쪽으로 걸어가는 뮤우 일행. 해 냈다, 따돌렸다. 그렇게 생각한 순간——에취, 하는 소리가 들렸다.

"어? 재채기?"

이런 중요한 때에 자쿠로가 재채기를 하다니, 설마 싶은 복병의 존재에 순간 머리가 새하얗게 되었다.

그리고 뮤우는 정확하게 소리의 발생원을 찾아내어 재빨 리 갑옷 앞까지 와서 갑옷의 잠금쇠를 찰칵 풀었다.

갑옷이 철컹철컹 바닥에 떨어지는 가운데 숨어 있던 우리 의 모습이 드러났다.

"······아."

누군가가 그렇게 말했다. 아니, 나였는지도 모르겠다. 뮤 우와 눈이 마주친 순간 도망치기를 포기했다.

"꺄아아악! 언니, 뭐야, 그 모습?!"

새된 소리와 함께 나를 똑바로 바라보는 뮤우는 그대로 나를 정면에서 세게 껴안았다. 뮤우와 나 사이에서 짓눌린 자쿠로와 장난꾸러기 요정이 괴로워하는 모습을 곧 알아차 리고 조금 떨어졌지만, 두 어깨를 붙잡은 손은 결코 놔주지 않았다.

"뭐야?! 어떻게! 왜 이렇게 작아졌어! 귀여워! 윤 언니!"

"우와?! 그~만~해~!"

혼자 흥분한 뮤우는 내 겨드랑이에 손을 찔러선 작아진

내 몸을 가볍게 들어올려 갑옷 더미 안에서 빼냈다. 몸이 줄어들어도 기본 장비는 어느 정도 플레이어의 사지에 맞춰 자동 조정되기에 바지가 흘러내릴 걱정은 없지만, 들어올려진 건 아주 무섭다.

"뮤우, 윤 씨가 난처해하잖아요."

"아, 그랬다! 왜 이렇게 재미있는 걸 숨기려고 했어! 언니!"

"네가 원인이야!"

나는 반론의 비명을 질렀다.

●

그 뒤에도 뮤우 파티가 자세한 설명을 요구하는 바람에 나는 다리가 바닥에 닿지 않는 의자에 앉았다.

그런 나를 뮤우는 뒤에서 껴안았다. 완전히 어린애 취급이었다.

장난꾸러기 요정은 이미 내게서 해방되어서 근처 테이블에서 자유롭게 다리를 흔들고, 자쿠로는 내 두 팔에 안긴 채로 사람이 많아서 긴장한 모습으로 굳어 있었다. 뤼이는 지금도 환술을 써서 숨어 있었다.

분명 정면에서 보면 나, 뮤우, 자쿠로의 머리가 세로로 대중소 순서대로 줄줄이 있는 구도가 보이겠지.

"우와아아아, 이 감촉. 어린애 특유의 부드럽고 쫀득거리는 피부, 달콤한 우유 향기, 살랑거리는 머리칼. 왜 이렇게

날 매료시키는데, 언니! 아니, 윤!"

"왜 거기서 그렇게 말하는데? 그보다 매료 같은 거 안 했고! 이거 봐, 뮤우!"

"싫어! 귀여워, 난 막내니까 동생이 있었으면 했다고~. 뺨을 포동거리면서 상태이상 [매료]를 걸어대는 못된 아이!"

"장난도 적당히 해!"

나는 뮤우의 머리를 밀어내려고 하면서 저항했지만, 그렇게 불만스러운 표정은 모두에게 조금 건방진 여자애를 보는 듯한 뜨뜻미지근한 시선을 모았다.

그래도 체격이나 스테이터스에 절망적인 차이가 있는 건지, 나는 저항다운 저항도 할 수 없었다.

"어어……. 역시 윤 씨 맞지요? 그 복장 같은 걸 보면 그런데, 왜 이렇게?"

"틀림없는 나야. 내 요정이 장난을 쳐서 만들던 포션이 다른 걸로 변했어."

루카토의 말에 한숨을 내쉬면서 내 긴 흑발을 바라보았다. 원래대로라면 지금쯤 [축모약]의 효과로 머리가 짧아졌을 텐데. 사건의 원인인 장난꾸러기 요정을 노려보았지만 낄낄 웃으면서 날아다녔다.

"윤 언니, 귀여워졌어."

"귀엽지 않아!"

머리를 마구 쓰다듬는 뮤우에게서 도망치려고 몸을 비틀었지만, 배 앞에 깍지 낀 두 손에서 도망칠 수 없었다. 칠칠

맞은 웃음을 흘리는 뮤우를 강하게 거부할 수 없는 나는 여동생에게 약하다고 자각하였다.

"안 돼. 이건 진짜로 안 돼요."

"……리레이?"

작게 중얼대는 리레이의 말. 내가 어려진 바람에 일어난 훈훈한 무드에 비해 혼자서 분노로 어깨를 떨고 있었다. 이렇게 불만스러운 상태의 나를 향한 말에 왠지 울고 싶어졌다.

"분명히 윤 씨는 미인이었지요. 그러니까 그 옷이 어울렸는데 지금은 귀여운 로리! 그래선 이 다소 어두운 옷은 어울리지 않아요. 그러니까 체인지!"

"너 남의 불행을 뭘로 아는 거야. 그렇긴 해도 분명히 좀 안 어울리네. 리본 매어볼까?"

코하쿠는 황당한 눈치로 리레이에게 한소리하면서도 은근슬쩍 편승하여 새하얀 리본과 빗을 꺼냈다. 그걸 받은 뮤우는 즐겁게 내 머리칼을 만지작대기 시작했다.

"하아, 멋대로 해."

"그럼 그 말대로."

올려다보니 싱글싱글 미소를 띠며 머리카락을 여러 형태로 바꾸기 시작했다.

포니테일, 갈라땋기, 경단머리, 땋아올리기, 하나로 땋기. 이마를 드러내거나, 머리 위에 리본을 매거나, 머리핀을 꽂는 위치를 바꾸는 등, 긴 흑발을 내키는 대로 만끽했다. 그

동안에도 내 정신은 계속 깎여나가서 진절머리가 났다.

"있잖아."

"……왜?"

퉁명스러움을 감추지도 않고 대답하는 내게 뮤우가 어떤 요망을 말했다.

"그렇게 화내지 마. 웃는 얼굴 해봐. 빙그레 웃어."

"이제 그만 좀 놔주라."

"우우, 괜찮잖아~. 조금 정도는."

"나 참……."

나는 한숨을 내쉬면서 일단 고개를 숙여서 마음을 진정시켰다.

그리고 고개를 들었을 때에는 완벽한 미소를 떠올렸고, 덤으로 고개도 살짝 갸웃거렸다.

그리고 잠시 동안 침묵이 흐르고 다음 순간──.

"……푸핫?!"

"리, 리레이!"

갑자기 쓰러진 리레이와 허둥대며 부축하는 코하쿠.

"후후후, 노렸지요? 아니면 유혹하는 건가요? 그렇게 순진무구한 로리의 100퍼센트 미소를 보여주는 건 완전히 포상이잖아요."

리레이는 황홀한 표정을 지으면서 코하쿠의 부축을 받았다.

"아, 역시 윤 언니, 이대로 가지고 갈래!"

"기각!"

"꾸우~."

나는 미소를 지우고 품 안에 안긴 자쿠로와 함께 항의하였다. 리레이와 뮤우가 그 자리의 분위기를 완전히 망가뜨렸기 때문에 다소 어색한 분위기가 흘렀다.

그런 분위기를 바꾸기 위해서 일부러 화제를 돌렸다.

"저기, 그러고 보면 왜 다들 [아트리엘]에 왔어?"

"어, 아, 그랬죠."

내가 던진 질문의 의미를 처음에는 몰랐는지, 루카토가 의아한 표정을 하며 허둥거렸다. 다소 귀엽다고 생각했지만, 그와 동시에 내 해프닝으로 잊고 있었다고 확신했다.

"저희는 요정 퀘스트 도중에 아이템을 보충하러 들렀을 뿐이에요."

"그, 그래."

의외로 평범한 대답에 나는 답변할 말을 찾기 힘들었다.

그렇지. 실력 있는 파티는 나처럼 일방적으로 학살당하지 않지. 속으로 그렇게 중얼거리면서 품 안에 껴안은 자쿠로를 쓰다듬었다.

"전부 다 약해서 재미없어! 더 강한 적과 싸우고 싶어! 누구 강한 적하고 만난 사람 없나?"

"……퀘스트를 편하게 진행할 수 있는 건 좋지만, 조금 헛물컨 기분도 있습니다."

내 머리에 턱을 올리고 토라진 뮤우와 퀘스트에 다소 자극을 원하는 루카토.

"나는 편해서 좋지만. 점점 강해진다고 해도 상성은 보통이니까 극적으로 강해지는 건 아니고."

히노만큼은 기지개를 켜면서 편해서 좋았다고 말했다.

"그러면 내 것 좀 도와줬으면 싶은데."

"언니는 어디까지 했어?"

"나는 네 번째로 홉고블린이야."

그렇게 대답하자 일동의 눈빛이 변했다.

"언니! 도와줄게! 강한 적일수록 경험치가 짭짤해! 강적을 원해!"

그렇게 말하고 주먹을 쳐드는 뮤우.

"그럼 이번엔 내가 빠지는 거면 될까?"

파티는 최대 여섯 명까지라서, 내 퀘스트를 도우려면 뮤우네 파티 중에서 누가 한 명 빠질 필요가 있다. 이번에는 히노가 직접 입후보했다.

"내가 공격하면 어그로가 너무 많이 모이니까 컨트롤하기 어려워. 그러니까 뒤에서 보고 있을게."

"오케이! 그럼 어디 의논해볼까!"

나를 제쳐두고 이야기를 진행시키는 뮤우의 파티.

직후에 그녀들에게서 파티 신청을 받아서 내 인증과 동시에 이거다 저거다 말하는 사이에 [아트리엘]에서 끌려나왔다.

"뮤우! 약의 효과가 사라질 때까지 좀 기다려!"

"못 기다려! 자, 가자! 윤 언니의 요정, 안내 잘 부탁해."

"맡겨줘! 이쪽이야!"

"배, 배신자! 우, 우왓! 그만둬, 내려놔!"

나는 뮤우의 어깨에 얹히는 꼴로 운반되었다.

어떻게든 날뛰어서 도망치려고 했지만, 넓적다리 부분을 꽉 붙들린 상태였다. 다리를 버둥버둥 움직이고 뮤우의 등을 한 손으로 탁탁 때리며 내려달라고 저항했지만, 스테이터스 저하 상태인 나로서는 어쩔 도리가 없었다.

"내려줘! 남들이 보니까! 이런 상태로 데려가지 마!"

"하악, 하악, 로리가 손발을 버둥거리면서 끌려가는 모습."

"정신 차려. 이제부터 강적으로 분류되는 손토큰이랑 싸울 거니까."

코하쿠에게 주의를 받는 리레이. 그보다도 이렇게 창피한 꼴로 나를 데려가는 뮤우를 어떻게 해줬으면 좋겠다.

"……왠지, 귀여워."

"뭐라고 할까, 미소가 절로 나오네요."

토우토비와 루카토. 외부인들이야 미소가 나올지 몰라도, 본인은 이렇게 사람들의 눈에 많은 속에서 수치를 견뎌야만 한다고!

나는 자쿠로를 더 세게 끌어안고 얼굴을 비볐다.

이런 내가 재미있었는지, 숨어 있던 뮤우네 파티의 요정도 일제히 모습을 보였다.

여자들의 파티가 나이 어린 모습의 나를 즐겁게 데려갔

다. 그런 주위에서는 요정들이 유쾌하게 하늘을 나는 광경이 보였다.

이 사실이 퍼지고, 어떤 게시판에서 변태신사들이 신나게 떠든 것은 또 다른 이야기다.

●

결국 [연령사칭약]의 효과는 사라질 기색도 없이, 나는 로리 상태로 홉고블린의 손토큰이 있는 곳까지 왔다.

"준비는 됐습니까?"

"준비고 뭐고, 난 아무것도 없는데."

확인을 위해 말하는 루카토를 향해 나는 그렇게밖에 대답할 수 없었다.

몇 시간 전에 싸웠을 때에 사용한 무기는 리리에게 맡겨서 수리 중이다. 공격수단이 없는 나는 불안을 흩뜨리기 위해 뤼이와 자쿠로와 함께 후방에 있었다.

"아아~, 저게 강화된 홉고블린이네. 세 보여."

우리가 바라보는 곳에는 그 도깨비가 기염을 토하며 일어서 있었다. 역시 정면에서 당당히 가면 상대도 알아차리는군.

"그럼 루카, 토비! 간다!"

"예, 정면은 맡겨주세요."

"속공으로 끝내자."

산개! 그런 루카토의 지시에 뮤우와 토우토비가 좌우로 갈라지고, 정면에서 루카토가 바스타드 소드를 휘둘렀다.

도깨비가 휘두르는 가시 몽둥이와 바스타드 소드가 맞부딪치고, 서로 그 반동을 이용하여 다음 공격으로 들어갔다.

크게 휘두르며 공격. 반동으로 버티는 게 아니라 축이 되는 다리와 몸의 회전으로 다음 공격에 연속해서 들어가는 루카토.

PVP에서는 빈틈이 큰 공격이지만 둔중한 몹을 상대로 유효한 수단이다.

힘으로 억지로 가시몽둥이의 궤도를 수정하는 도깨비를 향해 뮤우와 토우토비는 교대로 접근해서 자잘한 대미지를 주었다.

"마지막 손토큰이니까 상당히 방어력이 높군."

"그래. 뭐, 약점도 조금 높은 위치에 있으니까 노리기 어려워."

내 혼잣말에 코하쿠가 동의해주었다.

그리고 또 한 명의 후위는——.

"하악하악, 후후후, 로리랑 함께. 로리랑 함께."

슬금슬금 내게 다가오려는 리레이는 이번에 파티에서 제외된 히노에게 옷깃을 붙잡혀 있었다.

진짜로 여러모로 위기감을 느껴서 얼른 좀 끝나기를, 그리고 뮤우가 돌아오기를 마음속으로 빌었다.

"그럼 얼른 끝내기 위해서 해볼까. 〈존 인챈트〉——어택!"

센스 [하늘의 눈]으로 추가된 공간 계열 스킬을 병용한 존 인챈트로 전위 세 명에게 동시에 인챈트를 걸었다.

"이 뒤에 로리랑 놀기 위해서——〈파이어 샷〉!"

"자, 우리도 노려볼까. ——〈퀵 블래스트〉!"

불온한 말을 흘리는 리레이의 불 마법과 코하쿠의 바람 마법이 루카토의 머리 위로 궤도를 그렸지만, 전위와 후위를 분단하듯이 출현한 가시덩굴 장벽에 가로막혔다.

"역시 단계를 밟아감에 따라 적이 강화되네. 여러 가지 의미로."

가시덩굴 장벽에 놀라지도 않고 담담히 마법을 날리면서 안경 위치를 조절하는 코하쿠.

끊임없이 마법을 날리기 때문에 급속하게 줄어드는 리레이와 코하쿠의 MP를 나의 MP 포션으로 보충하면서 두 사람이 계속해서 벽을 파괴하였다.

"요정들, 차례 됐어! 저 벽, 어떻게든 해!"

"""전원, 돌격!"""

코하쿠의 한마디에 숨어 있던 일행들의 요정이 일제히 나타나서 코하쿠와 리레이의 마법에 겹치듯이 공격을 가했다.

나의 장난꾸러기 요정과 비교하면 상당히 공격적인 일격에, 약한 손토큰이라면 쓰러뜨릴 수 있지 않나 싶은 위력의 마법이 가시덩굴 장벽을 파괴하였다.

그리고 가시덩굴 장벽으로 가로막혔던 전위의 뒷모습이

보였지만, 도깨비와의 대치에는 큰 변화가 없었다.

서로——팽팽한 상태였다.

"저기, 코하쿠? 분명히 뮤우랑 토우토비가 공격을 했잖아. 근데 적은 별로 대미지를 안 받는데?"

"그렇네. 가시덩굴 장벽 다음에는 자동회복인가. 이거 뮤우가 좋아하겠네."

무슨 한가한 소리를. 그런 말을 삼키고 앞으로 시선을 돌리자, 공격 인챈트가 들어간 세 사람의 일격의 대미지가 손토큰의 능력으로 시간 경과에 따라 회복되었다.

"이러다가 밑천이 달려서 지는 거 아닌가?"

바스타드 소드와 가시몽둥이가 맞부딪치지만, 검에 전해지는 충격이 루카토의 HP를 서서히 줄였다.

"루카, 회복할게. ——〈라지 힐〉!"

뮤우가 크게 물러나서 루카토의 HP를 회복시켰다. 이대로 있다간 교착 상태가 된다. 그런 가운데 도깨비에게서 움직임이 보였다.

"우아아아아아!"

포효를 내지르며 근육을 부풀린 도깨비는 휘어진 두 개의 뿔 사이로 흑백의 전격을 거세게 번쩍이면서 시야를 하얗게 물들였다.

"이런! 눈이……."

"리레이, 방어. ——〈윈드 실〉."

"후후, 알고 있어. ——〈프레임 월〉."

[하늘의 눈]의 장점인 예리한 눈이 화근이 되어 나는 눈이 부셔서 앞이 보이지 않게 되었다. 또한 둔한 통증을 느끼며 그 자리에 웅크렸지만 뒤에서 누가 부축해주었다.

"윤, 괜찮아?"

"그 목소리는? 히노? 지금 어떤 상황이야? 아니, 은근슬쩍 말 놓지 마!"

헤헷 웃는 히노의 목소리가 들렸지만, 눈이 안 보이는 내게 상황을 설명해주었다.

"지금은 리레이랑 코하쿠, 그리고 뤼이가 공격을 막고 있어."

리레이의 화염 장벽과 코하쿠의 방어. 그리고 뤼이의 물 방패가 우리 후위를 지켜주는 모양이었다.

아직 흐릿한 시야로 눈앞을 확인하니, 도깨비의 가시몽둥이가 씨앗의 산탄공격을 쏟아부었고 그걸 세 개의 방어가 완벽하게 막아내었다.

서서히 회복되는 시력은 씨앗이 비처럼 쏟아지는 가운데 뮤우와 루카토의 모습을 발견하였다.

"윤 씨, 역시나 방어 마법을 발동시켜서 버티는 건 MP 때문에 힘드니까 포션 주세요."

"아, 알았어."

코하쿠와 리레이에게 거듭 MP 포션을 쓰면서 전체를 넓은 시점에서 바라보았다.

루카토가 앞에 서고 뮤우가 뒤에서 마법을 썼다.

뮤우의 빛 장벽이 씨앗을 막았지만, 때때로 빛의 장벽을 돌파한 씨앗은 루카토가 바스타드 소드의 측면으로 막아냈다.

뮤우와 루카토가 대미지를 최소한으로 막는 가운데, 토우토비의 모습이 보이지 않았다.

"설마 당했나?!"

내가 앞을 못 보는 사이에 토우토비가 근거리에서 산탄공격이나 가시몽둥이의 일격을 맞아서 쓰러진 게 아닐까? 그거라면 얼른 모습을 찾아내어 소생약을 써야 하는데. 그런 생각이 맴도는 가운데 뮤우가 소리 질렀다.

"강한 적의 정보는 전부 공부해놨으니까! 이 공격도 대책을 세웠어! 토비!"

"……갑니다!——〈쉐도우 다이브〉 해제!"

산탄이 끊긴 틈에 뮤우의 신호와 함께 토우토비의 목소리가 울렸다.

어디에 있는지 찾아보니, 예상 밖의 장소에 숨어 있었다.

"——〈넥 헌트〉!"

갑작스럽게 도깨비의 뒤에서 나타난 토우토비의 일격이 도깨비의 목덜미의 장미를 날렸다. 그 약점에 들어간 대미지에 돌아보며 토우토비에게 가시몽둥이를 휘두르는 도깨비의 일격에 토우토비는——.

"——〈미스디렉션〉, 〈백스탭〉!"

휘두르는 가시몽둥이가 토우토비의 옆구리를 스치고, 순

식간에 도깨비의 뒤로 돌아간 투우토비는 도깨비의 오금을 단검으로 찢어서 무릎을 꿇게 만들었다.

"후후, 묶어라──〈플레어 밴드〉."

리레이가 만들어낸 화염의 띠가 도깨비에게 감겨들었다. 도깨비는 완만하게 감기는 화염의 띠에게서 도망치려고 움직였지만, 움직이면 움직일수록 화염이 몸을 태우고 서서히 세게 졸라댔다.

"일단 방해되는 뿔을 자르겠습니다!──〈쇼크 임팩트〉!"

루카토가 후려치듯이 휘두른 공격이 붙들린 도깨비의 뿔에 적중하고, 양쪽의 불을 산산이 분쇄하였다.

"으가아아아아아아!"

뿔이 부러진 고통에 도깨비가 포효를 질렀지만, 날뛸수록 화염의 띠가 죄어들었다. 그리고 대미지를 더하는 화염의 띠가 도깨비의 움직임을 막는 사이에도 동료의 공격이 이어졌다.

"나도 반격으로 가보실까. ──〈솔 레이〉!"

루카토의 뒤에서 방어 마법을 치던 뮤우는 빛을 모았다가 내쏘아서 도깨비의 오른쪽 어깨에 핀 장미를 후비듯이 날려버렸다.

약점이나 특징적인 부위 파괴를 연속으로 하여서 순식간에 대미지가 확확 늘어났다.

"코하쿠, 내 구속도 슬슬 시간이 다 됐어요."

"그럼 맡겨줘! 윤, 인챈트."

"코하쿠도 반말?! 〈인챈트〉──인텔리전스!"

한소리하면서도 마법공격 상승 인챈트를 코하쿠에게 걸었다.

INT 상승 인챈트를 받아서 코하쿠는 웃으며 끄덕였지만, 내 말에 대한 대답인지 인챈트에 대한 인사인지는 판단이 가지 않았다.

"그 얼굴에 강력한 한 방 먹여줄게!──〈에어로 캐논〉!"

코하쿠가 부채를 펼치더니 부채질하듯이 날린, 눈에 보이지 않는 포탄.

리레이의 화염 띠의 구속이 사라지는 동시에 도깨비의 얼굴에 명중했다.

근육질의 도깨비의 장신이 고꾸라지듯이 쓰러지고, 안면과 머리에 심각한 대미지를 입었다. 눈에 보이지 않는 포탄으로 도깨비의 왼쪽 눈에 핀 장미는 사라지고, 나머지 왼쪽 가슴에 핀 장미는──.

"……이걸로 끝입니다. ──〈하트 피어서〉!"

쓰러진 도깨비의 상체 위에 선 토우토비가 그 왼쪽 가슴에 거의 밀착상태로 아츠를 발동시켰다.

후비듯이 손목의 회전을 더한 찌르기가 도깨비의 왼쪽 가슴의 장미를 흩어버리고, 그 너머에 있는 심장을 꿰뚫어서 파괴했다.

이 일격이 결정타가 되어서 도깨비의 몸이 순간 경직되고 젖혀지더니 쓰러졌다.

그렇게 네 번째 손토큰이 쓰러지는 동시에 환호성을 올리는 요정들.

"와아! 이걸로 요정마을로 가는 길이 한 걸음 가까워졌어!"

장난꾸러기 요정이 내 머리를 껴안고 들었지만, 그보다 궁금한 게 있었다.

"윤, 왜 그래?"

"또 그렇게 말한다. 그만둬. 그보다 왜 토우토비는 멀쩡했던 거야?"

도망치기도 어려운 산탄 공격 속에서 멀쩡하게 도깨비의 뒤에서 나타난 이유를 알고 싶었다.

"그거 말이지. 으음, 토우토비? 윤한테 설명할래?"

아마 비장의 수 중 하나겠지. 멋대로 설명할 수도 없었던 코하쿠는 이쪽으로 돌아오는 토우토비에게 물었다.

"……윤 씨라면 함부로 말하지 않겠죠. 그건 제 [잠복] 센스의 긴급회피 스킬 〈쉐도우 다이브〉의 효과입니다."

"〈쉐도우 다이브〉? 그럼 그림자에 숨어?!"

그림자의 아공간에 들어가는 스킬은 잠복만이 아니라 회피에도 사용하는 높은 범용성을 가졌다.

"……분명히 강력하지만, 그만큼 제약도 있어요. 〈쉐도우 다이브〉를 사용하는 동안에는 항상 대량의 MP를 소비하고, 무엇보다 그림자가 없는 장소에서는 쓸 수 없습니다."

보통은 적 몬스터의 그림자나 동굴이나 숲의 거대한 그림자에 숨는 게 유효하고, 그중에는 어둠 마법과의 조합도 있다.

이번에는 도깨비의 뿔이 만든 강한 섬광과 동시에 그림자에 숨어서 몸을 감추었다고 했다.

"헤에, 아직 내가 모르는 스킬이 많이 있구나."

그 외에도 가시몽둥이가 빛나가게 한 스킬 〈미스디렉션〉은 적의 공격 위치를 흘리는 회피 스킬. 〈넥 헌트〉나 〈하트 피어서〉는 특정 부위를 공격하여서 높은 대미지 보정과 크리티컬 확률을 얻는 단검 계열 아츠라는 이야기 등등.

이런 여러 스킬이나 아츠를 사용한 싸움의 구축, 콤보도 하나의 재미다.

"역시 여러 스킬이나 아츠의 특성도 조사해야 하나."

대표적인 아츠나 스킬은 [언어학]의 레벨업에 따라 도서관에서 센스 관련 책을 읽은 적 있지만, 그보다 상위 센스의 정보는 사용하는 본인 정도밖에 모른다.

"후후후, 그러면 내가 가르쳐줄까요? 하나하나 자상하게."

"아니! 사양하겠습니다!"

어느 틈에 뒤에 서 있던 리레이가 끈적한 목소리로 속삭이기에 전력으로 거부하고 거리를 벌렸다.

하지만 그렇게 벗어난 곳에는 뮤우가 기다리고 있다가 붙잡았다.

"윤 언니. 퀘스트 도와줬으니 상 줘."

"하아, 뭘 또…….."

"그러네. 뭐가 좋을까?"

반짝이는 눈으로 뭘 요구할지 생각하는 뮤우.

그런 가운데 뮤우의 품 안에 붙잡혀 있던 내 몸이 하얀 연기를 내뿜었다.

"어?! 이건……."

"좋았어. 원래대로 돌아왔다."

내게 걸렸던 [연령사칭약]의 효과가 사라지고 원래 모습으로 돌아왔다. 얼굴이나 팔다리를 만지면서 제대로 돌아왔는지 확인하였다.

"다행이다. 원래대로 돌아왔어."

"체엣. 귀여운 여자 옷 같은 걸 입혀보고 싶었는데."

입술을 삐죽이면서 불평을 하는 뮤우. 은근슬쩍 무시무시한 요구를 할 생각이었던 모양이다. 정말로 원래대로 돌아와서 다행이라고 진심으로 안도하였다.

"뭐, 이번에는 강적과 싸워서 레벨도 올랐고. 빚이라고 생각하면 될까?"

뮤우는 딱히 내게 요구가 없기 때문에 상은 다음으로 미루기로 하고 파티 전원도 납득하였다.

혹시 빨간 [연령사칭약]이 아직 남아 있다는 걸 알면 그걸 써서 신나게 날 가지고 노는 미래가 떠올랐기에, 몇 병 남았다는 사실과 레시피에 대해선 입을 다물자.

─── [한정 퀘스트 : 요정마을을 구해라 2/4] ───
페어리 서클을 지나서 요정마을로 가라.

드디어 요정마을에 돌입하는 단계까지 갈 수 있었다.
앞으로 손토큰보다 강한 보스가 기다리고 있다고 생각하
니, 혼자선 틀림없이 무리라는 느낌이었다.

5장 반수식물과 요정여왕

"타쿠, 혼자선 무리."

"그럼 동료를 모아."

내가 마음속의 불안을 밝혔더니 가게에서 포션이나 소생약을 보충하는 친구인 타쿠가 딱 잘라 말했다.

"무리라니까! 가게의 단골에게 넌지시 물어봤는데, 대부분은 이미 고정 파티가 있든가, 생산직은 전력이 불안하다면서 거절했어."

"윤, 그렇게 스테이터스가 낮아? 조금 보여줘 봐."

타쿠의 말에 내 센스 스테이터스를 보여주었다.

소지 SP 27

[활 Lv41] [장궁 Lv15] [하늘의 눈 Lv9] [속도 상승 Lv30]

[간파 Lv17] [마법재능 Lv46] [마력 Lv50] [부가술 Lv28]

[조약 Lv31] [요리 Lv27]

대기

[연금 Lv33] [합성 Lv34] [생산의 소양 Lv35] [조교 Lv9]

[조금 Lv3] [지 속성 재능 Lv20] [수영 Lv13] [언어학 Lv20]

"이거라면 혼자서도 어떻게 되겠는데."

"무슨 근거로 그런 말을 하는데?"

날카로운 눈으로 타쿠를 바라보았더니 그 근거를 설명해 주었다.

"퀘스트 보스는 참가 플레이어의 강함에 따라 그 강함이 변동하는 모양이니까, 초심자일수록 간단히 해치울 수 있다나 봐. 반대로 플레이어가 강하면 추가 옵션이 잔뜩 붙는다고."

"그럼 내 경우는 보스가 약해지나?"

"그럴 가능성이 크지만 반대도 있을지도. 그리고 사람이 적거나 같은 레벨대의 참가가 겹치면 서버의 부담을 줄이기 위해서 복수 파티와 매칭해서 퀘스트가 열린다나 봐."

"그게 무슨 소리야?"

"예를 들어서 6인 파티로 가면 모르는 다른 파티와 합류해서 보스 토벌이 시작돼. 적의 난이도는 거기에 맞춰서 올라간다는 소리."

타쿠의 설명을 듣고 나는 골머리를 앓았다.

어디 파티에 가입하면 짐이 되겠고, 혼자 돌격하면 모르는 플레이어와 합동으로 퀘스트를 하게 되어서 방해만 될지도 모른다.

으으, 아아, 하고 신음하며 고민했더니 타쿠가 성대하게 한숨을 내뱉었다.

"윤. 우리 파티에서 퀘스트 할래?"

"괜찮아? 타쿠, 레벨이 다르면 방해밖에 안 되지 않아?"

"당연한 소리."

"은근슬쩍 심한 말 한다."

그건 타쿠의 안에서 내가 약한 축으로 설정되었다는 소리냐고 항의하고 싶었지만, 실제로 약하니까 아무 소리도 할 수 없었다.

"게다가 우리도 마침 퀘스트를 받았으니까. 이 타이밍을 놓치면 또 파티를 찾으러 다녀야 할 거다."

"아, 알았어. 금방 준비할게!"

나는 [아트리엘]의 공방으로 달려가서 황급히 장비를 준비했다.

이번에는 퀘스트 보스에게 도전하기 때문에 뤼이와 자쿠로는 두고 가기로 해서, 나는 장난꾸러기 요정과 함께 소모품이나 장비를 다시금 체크했다.

네 마리의 손토큰을 쓰러뜨린 단계부터 아이템을 모으기 시작했지만, 좀처럼 나와 파티를 짤 사람들이 보이지 않았기 때문에 아이템은 많이 모여 있었다. 지금은 보관 장소에서 내 인벤토리로 옮기기만 하면 끝이었다.

"좋아, 준비 완료."

내가 점포 쪽으로 돌아오자, 타쿠는 프렌드 통신으로 어딘가와 연락을 끝낸 참이었다.

"파티 참가 승낙은 받았어. 이제부터 간츠들과 합류하고서 요정한테 길 안내를 받을까."

"맡겨줘! 내가 요정마을의 입구——페어리 서클로 안내해줄게."

그렇게 말하고 가슴을 펴는 장난꾸러기 요정에게 타쿠가 쓴웃음을 지었다.

"윤의 장난꾸러기 요정은 텐션이 높네."

"진짜 이쪽을 마구 휘두른다니까."

그렇게 말하며 어깨를 으쓱이자, 타쿠의 요정도 모습을 보였다. 남자 타입의 요정이 공중에서 장난꾸러기 요정과 춤추듯이 빙글빙글 도는 모습을 흐뭇한 마음으로 지켜보면서 나는 타쿠의 안내로 어느 공장에 왔다.

"여어! 윤이 갑자기 참가하니까, 파티에 여자가 늘어 화사해지는 거 같아. 좋아."

"간츠. 표정 관리해. 하지만 또 윤이랑 파티를 짜서 기뻐."

만나자마자 환영하는 분위기를 내비치는 간츠와 그 모습에 한숨을 내쉬는 미닛츠. 하지만 미닛츠도 내 갑작스러운 참가에는 긍정적인 기색이었다.

"그래서 어때?"

"어떠냐니?"

미닛츠가 고개를 쑥 내미는 바람에 나는 살짝 상체를 젖혔다.

"어떤 경위로 참가하게 됐어! 거기에 어떤 일이 있었어!"

"어, 어어?!"

기대로 가득한 눈으로 내 대답을 재촉하는 미닛츠. 그건 마치 사랑이야기를 듣는 여자 같은 반응인데, 애석하게도 그렇게 재미있는 이야기는 없다. 애초에 나는 남자다.

"그냥 내가 퀘스트를 받은 파티를 못 찾고 있는데 타쿠가 자기네 파티에 들어오라, 얼른 결정하라고 했을 뿐이지."

"꺄아아, 타쿠는 꽤나 세게 리드하는 타입이네!"

아니, 그걸 머릿속에서 어떻게 변환하면 그렇게 되는데? 다만 타이밍상으로 이 기회를 놓쳤다간 앞을 알 수 없었을 뿐이다.

"미닛츠, 뭐해?"

내가 새된 소리를 지르는 미닛츠에게 어떻게 반응해야 좋을지 몰라서 주저하고 있을 때, 마미도 끼어들었다.

그쪽으로 고개를 돌리자 마법사의 망토 차림인 마미와 생산직 플레이어에게 갑옷 조절을 부탁하는 케이가 있었다.

"봐, 봐, 윤이 왔어!"

"저기, 오늘은 잘 부탁해."

"윤, 안녕. 그 애, 잘 데리고 있어."

미닛츠에게 어깨를 붙잡혀서 마미의 앞에 서자, 저번에 만든 합성 몹인 윈드 젤에 대한 인사를 해왔다. 소중히 여긴다니 고맙다는 마음에 자연스럽게 얼굴이 풀어졌다.

"케이도 오늘 잘 부탁해."

"미안해, 이렇게 볼썽사나운 모습으로 이야기하게 돼서."

"케이는 항상 갑옷 차림이라서 볼썽사납다기보다는 답답해."

"시끄러, 간츠!"

낄낄 웃으며 장난치는 간츠와 달리 케이는 숨을 길게 내뱉으면서 정신통일을 하였다. 이렇게 한쪽은 긴장감 0, 한쪽은 집중력을 높이니까 파티의 균형이 좋은 거겠지.

잠시 뒤에 케이의 갑옷 조정이 끝나고 일어섰다.

"그럼 여기서부터는 요정들의 안내를 따라 페어리 서클로 갈까. 부탁해, 요정들."

""""맡겨줘!""""

그렇게 말하며 우리와는 적당한 거리를 두며 선행하는 요정들.

그렇게 안내받은 장소는 서쪽의 숲이었다. 요정들의 안내에 따라간 곳에서는 갑자기 풍경이 변하며 작은 광장이 나왔다.

키 작은 풀이 있는 가운데 원형으로 풀이 뭉개진 공간——페어리 서클이 있었다.

"다들. 이 원 안으로 들어가! 그러면 요정마을로 가니까!"

"왠지 캠프 이벤트 때의 전이가 떠오르는데."

타쿠는 즐거운 눈치로 앞장서서 서클 안에 들어갔다. 그 뒤를 따르듯이 전원이 안에 들어가자, 딱 6인 파티가 부딪치지 않을 정도의 넓이임을 알 수 있었다.

"그럼 간다. ——[전송]!"

""""——[전송]!""""

요정들의 외침과 함께 지면의 서클에 하얀 빛이 깃들었

다. 그 빛은 서서히 강해져서 우리는 그 광채에 팔을 교차 시키고 눈을 감았다.

　전이의 부유감은 없고 한동안 아무것도 느껴지지 않았다. 그리고 누군가가 어깨를 두드린 것에 반응하여 조심조심 눈을 떴다.

　거기는 비슷한 원 몇 개, 그리고 다소 흐린 분위기가 떠도는 숲 안이었다.

　──[한정 퀘스트 : 요정마을을 구해라 3/4]──
　요정여왕을 구하기 위해 요정마을의 중앙으로 향해라.

　메뉴를 확인하고 무사히 요정마을에 도착했다는 판단에 원 밖으로 한 걸음 나갔다.

　"여기가 요정마을? 왠지 이미지랑 다른데."

　"마물이 나오고 나서 우리 요정마을이 황폐해졌어. 그러니까 마물을 쫓아내고 우리 마을을 예전처럼 되돌리는 거야!"

　장난꾸러기 요정이 힘주어 말하자 다른 요정들도 힘내자, 해치우자, 같은 말을 차례로 하였다.

　"연대는 평소처럼 갈까──."

　계속 페어리 서클에 있어선 퀘스트가 진행되지 않을 테니까 타쿠가 앞장서는 가운데, 옆쪽의 페어리 서클이 빛을 발했다.

겉에서 보기에는 빛기둥이 생겨났을 뿐이지 눈부시진 않았다. 그리고 그 빛기둥 안에 사람의 모습이 떠오르더니 서서히 빛이 수그러들었다.

그 안에서는——.

"요정마을에 도착! ……어라? 윤 언니랑 타쿠 오빠다!"

옆쪽의 페어리 서클에 전이된 파티는 뮤우네 파티였다.

"거의 같은 타이밍에 페어리 서클에 들어와서 퀘스트가 매칭됐나?"

"그럼 타쿠 오빠네랑 우리의 합동 퀘스트네! 난이도가 더 오를 것 같아서 두근거려!"

"그래! 강한 적을 상대하면 레벨도 오르기 쉽고!"

뮤우와 타쿠가 같은 의견으로 신이 난 가운데, 이 안에서 제일 약한 나로서는 당초보다 더욱 난이도가 오르는 간 제발 사양하고 싶었다.

"오늘 합동 퀘스트, 잘 부탁합니다."

"아, 이쪽이야말로. 전위끼리 연대를 잘 짜보자."

루카토와 케이가 간단한 인사를 나누며 탱커로서의 움직임이나 연대를 확인했고, 히노와 마미도 거기에 섞여서 전후위의 연대 같은 이야기까지 나누었다.

사람이 늘고 연대할 수 있는 패턴이 늘었으니, 퀘스트에 추가로 들어간 기믹도 상대적으로 적어지겠거니 싶어서 희망이 보인 듯하였다.

"……윤 씨, 괜찮나요?"

"아, 괜찮아. 나만 생산직이리시 불안하긴 한데, 아마도 괜찮아."

그래, 하이포션이나 MP 포션이 떨어지지 않게 인벤토리에 챙겨왔다. 소생약도 보충했기 때문에 문제없다.

눈을 감고 '괜찮아, 문제없어'라고 마음속으로 중얼거리다가 조용히 눈을 떴다.

"이얏호오오오! 퀘스트, 여자 참가자의 비율이 늘었다!"

"간츠, 시끄러! 그러니까 네가 인기 없는 거야."

혼자서 신이 난 간츠의 뒤통수를 메이스로 가볍게 때리는 미닛츠.

그런 미닛츠에게 슬며시 다가가는 리레이를 보았다.

"후후후, 오늘은 잘 부탁합니다."

"그래, 잘 부탁해."

"그리고 퀘스트가 끝난 뒤에 어디서 쉬지 않을래요? 조용히, 찬찬히."

"아하하하, 윤만이 아니라 나도 타깃이 되었구나."

뜨거운 시선을 미닛츠에게 보내는 리레이. 다소 난처한 듯이 시선을 돌리는 미닛츠와 계속해서 신나게 떠드는 간츠.

"리레이! 너 또 남한테 폐나 끼치고!"

그런 혼돈스러운 상황에 끝을 알리는 코하쿠의 등장에 왠지 퀘스트 전의 긴장감이 빠져나갔다.

"왠지 고민했던 게 바보 같이 느껴지는데."

"……뭐, 그러네요."

창피한 듯이 쓴웃음 짓는 토우토비와 슬쩍 시선을 주고받으면서 마찬가지로 쓴웃음을 지었다.

어떻게든 될 것 같다고 느낀 다음 순간, 내 [간파] 센스가 반응했다.

발치에 강한 반응이 나타나서 그 자리에서 펄쩍 물러났다. 마찬가지로 [간파] 센스를 가진 토우토비도 옆에서 이걸 깨닫고 함께 반응이 있던 라인을 시선으로 좇는 순간——.

"——가시덩굴 장벽이!"

눈앞에 나타난 가시덩굴 장벽이 지면에서 솟구쳤다.

갑작스럽게 출현한 가시덩굴 장벽으로 파티가 둘로 분단되는 가운데, 요정마을 전역에 가시덩굴 장벽이 생겨나서 미로가 만들어졌다.

장벽에 접근해서 만져보았다. 접촉 대미지에 손을 거둔 나는 그 손을 누르며 소리쳤다.

"타쿠! 뮤우!"

"윤, 진정해! 이쪽은 무사해!"

타쿠의 대답에 안도하는 한편, 간신히 우리 상황을 파악할 여유가 생겨났다.

이쪽에 남은 건 토우토비, 리레이, 코하쿠, 간츠, 미닛츠. 그리고 나까지 여섯 명.

가시덩굴 장벽 너머는 목소리를 들어보면 타쿠, 뮤우, 루카토, 히노, 케이, 마미. 깔끔하게 여섯 명씩 나뉜 모양이다.

"언니, 거기에 있거든 떨어져. 지금부터 벽을 부술래!"

"어?! 아니, 잠깐!"

잠깐 기다려, 라고 말하기 전에 벽 위에서 거센 빛이 흘러나와서 나는 황급히 옆으로 구르듯이 피했다.

그 직후에 쏟아진 격렬한 빛 마법. 그 외에도 뮤우의 공격에 맞춰서 마미나 이쪽의 리레이, 코하쿠의 컴비네이션 마법이 가시덩굴 장벽을 양쪽에서 공격했지만, 전혀 상처가 나지 않았다.

"이건——파괴 불가 오브젝트 취급이군. 이러면 출구에서 합류하는 수밖에 없겠어."

이 자리에서 냉정하게 분석하는 타쿠의 혼잣말이 울렸다.

"무슨 일 있거든 서로 프렌드 통신으로 연락하는 거면 될까?"

"아, 알았어! 살아남아서 보스 쪽으로 갈게! 루카토랑 케이는 타쿠랑 뮤우를 부탁해!"

"윤 언니! 그게 무슨 소리야! 응?!"

골수 게이머인 두 사람에게 다소 불안이 남기 때문에 상식인인 루카토와 케이에게 두 사람을 맡겼다.

벽 앞에서 끌려가는 소리와 멀어지는 뮤우의 목소리를 들으면서 이쪽으로 분단된 멤버들과 마주 보았다.

"분단되어서 남자는 나 혼자! 이제부터 시작되는 인기남 스토리!"

"시작은 무슨! 아니, 인기 운운할 거면 활약한 다음에 말해!"

"후후후, 남자가 한 명 섞였나요. 혹시 여자뿐이라면 퀘스트를 포기하고 여기에 낙원을 만들겠지만. 아쉬워라."

"리레이, 언제나 똑같구나."

간츠의 여전한 개그 발언에 지친 듯이 딴죽을 넣는 미닛츠.

그리고 여전히 백합 취미의 리레이에게 마찬가지로 한숨을 내뱉는 코하쿠.

어째야 좋을지 몰라서 허둥거리는 토우토비와 나.

어라? 이쪽에는 불안요소밖에 없는 것 아닌가?

골수 게이머와 상식인이 죄다 저쪽에 있기 때문에 개그 담당과 딴죽 담당과 고생하는 사람만 남은 듯했다.

"……어쩔까요?"

"어쩌지?"

질문하는 토우토비에게 나도 되물었다.

"예이, 예이! 윤! 제일 먼저 해야 할 일은 전력 확인이잖아!"

"간츠는 가끔은 좋은 말 하네. 그럼 거기에 추가로 전력 확인 후에 파티 진형 같은 걸 생각해서 미로를 어떻게 이동할지 생각하자."

평소에 파티를 짜본 적 없는 플레이어들이기 때문에 납득하며 진형을 짰다.

전위는 척후 토우토비, 격투가 간츠. 중위는 마법사 리레이와 코하쿠. 그리고 후위가 활과 식칼을 단검 대신 쓰는 올라운더인 나와 힐러 미니츠다.

"파티의 진형은 결정되었고, 다음에 정할 건 리더?"

내가 의문형으로도 내놓은 대답에 전원이 고개를 끄덕였다. 그리고——.

"후후후, 그거라면 윤 씨가 리더고, 그 보좌로 토우토비가 좋지 않아?"

"아, 그거 좋겠네."

"어?! 내가? 무리, 무리!"

"……저도 무리입니다."

나와 토우토비가 거부했지만, 시키려는 리레이와 코하쿠의 분위기에서 뭔가 읽어낸 간츠와 미닛츠가 두 사람에게 가세했다.

"이것도 좋은 기회 아냐? 무슨 일이든 경험이고, 후위에서 전체를 지켜보는 윤에 전위에서 최신 정보를 전달하는 토비. 응, 좋은 콤비야."

"그래. 게다가 간츠가 리더면 불안하고."

나와 토우토비가 이 파티의 중심이 되는 것이 다수결로 결정되었다.

"우우. 저기, 잘 부탁해, 토우토비."

"……예, 잘 부탁드립니다."

떠맡겨지는 식으로 결정된 역할을 내버릴 수도 없다. 나와 토우토비가 중심으로 파티의 움직임을 생각하고, 두 사람이 결정할 수 없는 내용은 전원에게 의견을 물으면서 해나간다.

"마법사의 비율이 많고, 순수한 전투직은 간츠 하나뿐이니까 전투는 힘들어."

"……그러네요. 적을 맡아줄 탱커도 없는 상황이니까, 전투는 가급적 피하는 방향이에요."

"기본은 전투를 회피. 도저히 피할 수 없는 경우는 적의 발을 묶고 후퇴하면서 마법으로 섬멸하는 거군."

그리고 전위에서 토우토비가, 후위에서 내가 [간파] 센스로 미로를 경계하면서 나아간다. 좁은 미로에서는 도망칠 곳이 적으니까 마법도 명중하기 쉽다.

기본적인 전법이 결정되었기에 전원에게 전하자, 각자의 감상이 돌아왔다.

"후후후. 딱히 반대는 없습니다. 마법사는 기본적으로 원거리에서 공격이니까요."

"그래. 할 일은 크게 변하지 않아."

"그렇긴 해도 이런 데에서 성격이 나오네. 간츠였다면 혼자서 괜히 돌격하고 끝일 텐데."

"그건 아니지……라고 말할 수가 없네. 뭐, 이번에 나는 적의 발을 묶는 데에 주력하지. 이 로킥이 작렬한다고!"

부웅 하고 바람 가르는 소리를 내며 로킥을 반복하는 간츠.

하지만 간츠가 앞에 서기보다도 내 〈클레이 실드〉나 상태 이상을 합성한 화살로 적을 막는 쪽을 상정했기에 그 로킥을 쓸 일이 있는지는 불명이다.

"결정도 되었으니 갈까. 장난꾸러기 요정은 안내해줄 수 있겠어?"

"으음, 안 돼. 길을 전혀 모르겠어."

끙끙 신음소리를 내던 장난꾸러기 요정은 미로의 길을 파악하지 못했다. 하늘을 날 수 있으니까 가시덩굴 장벽을 넘어서 루트를 찾으면 되겠다고 생각했지만, 높이 날면 가시덩굴이 뻗어서 지면으로 쳐내려고 하기에 그것도 포기했다.

"……그럼 오른쪽 벽을 따라서 이동할까요."

"기본은 그거야. 매핑도 하면서 전진할까."

[언어학]에 사용하는 종이와 펜을 꺼내고 미로를 향해 발을 옮겼다.

미로의 폭을 기준으로 [하늘의 눈]으로 볼 수 있는 범위를 대략 종이에 기입하기 시작했다.

때때로 나와 토우토비의 [간파]로 발견한 덫이나 보물상자의 위치를 기입하면서 파티 안에서 정보를 공유했다.

"……윤 씨, 왼편의 장벽이 열리게 되어 있습니다."

"어차, 내가 놓쳤나? 지금 맵에 추가할게. 토우토비랑 간츠가 덫에 걸렸다가 안은 확인하지 말고 돌아와. 적이 나오거든 마법으로 섬멸하게. 〈인챈트〉──스피드."

"……알겠습니다."

"그럼 우리는 다녀올 테니까."

전위 두 사람을 선행시켜서 적을 끌어내며 안전하게 전진했다. 배후에서 적에게 습격받지 않도록 비슷한 장치는 가급적 해제하면서 적을 쓰러뜨리고, 전투를 벌일 경우에는 배후에서의 기습을 막기 위해 〈클레이 실드〉를 쳐서 벽을 만들었다.

이 미로에 나타나는 잡몹 손토큰은 여태까지 쓰러뜨린 손토큰의 열화판 같은 겉모습이었다. 생물의 형태를 본뜬 덩굴의 군대는 마법의 일제사격으로 간단히 쓰러뜨릴 수 있었다.

하지만 좁은 미로에서는 몬스터 하우스의 덫에서 나오는 대량의 몬스터들과 정면에서 부딪치면 이쪽의 피해가 커지기 때문에 신중한 행동이 필요했다.

"지금입니다!"

"——〈프레임 서클〉!"

"——〈리틀 토네이도〉!"

덫이 열리고 안에서 흘러나오는 열화 손토큰들을 향해 리레이와 코하쿠가 마법을 날렸다.

그런 낚시를 반복하면서 적을 전멸시킨 뒤에 몬스터 하우스 안을 조사했다.

"평범한 던전처럼 덫이나 몬스터 트랩이 많네. 유일하게 다행인 것은 몹이 재출현하지 않는다는 거야."

그렇게 말하면서 후위에서 완전히 할 일이 없는 나와 미닛츠.

그냥 지도만 작성하든가, 통로에 혼자 있는 몬스터를 원거리에서 화살로 끌어들이는 일밖에 없었다.

　　"……저기 방에서 조금 쉬지요. 지도 확인도 하고 싶고요."

　　"그래. 적이 리젠되지도 않고 입구도 하나밖에 없으니까 지키기 쉽겠네."

　　토우토비의 제안에 작은 방 안에 들어가서 쉬었다.

　　"미안, 토우토비. 내가 몬스터 하우스를 놓쳐서."

　　"……아뇨, 윤 씨가 먼저 간단한 포인트를 발견해주셔서 덫일 듯한 장소를 찾을 수 있었습니다."

　　서로 대화의 템포가 빠르지 않기 때문에 조용한 대화가 되었지만, 그게 기분 좋았다. 토우토비는 알기 쉬운 말을 골라서 해주기에 이해하기 쉽다. 혹시 뮤우가 보좌였으면 게임 전문용어의 온퍼레이드라서 머리가 혼란스럽고 터질 것 같겠지.

　　"정말로 도와줘서 고마워."

　　"……예."

　　정면에서 그렇게 말하자 창피한 건지 머플러를 입가까지 끌어당기고 기어들어갈 듯한 목소리로 대답해주었다. 왠지 얼굴을 붉히고 고개 숙인 토우토비와의 사이에 왠지 모를 어색한 분위기가 흘렀다.

　　나는 뺨을 손가락으로 가볍게 긁적이면서 뭔가 없을까 생각하다가 어떤 것을 꺼냈다.

　　"저기…… 만복도를 회복시킬 필요가 있으니까…… 먹을래?"

　　"……예."

내가 꺼낸 것은 귀엽게 포장한 쿠키였다. 그걸 받아서 포장을 풀고 작은 입으로 먹는 토우토비의 모습은 조그만 동물 같게 여겨졌다.

"아앗! 비겁해! 나도 먹고 싶어!"

"그래, 그래. 쿠키는 더 있으니까 저쪽에서 이쪽을 훔쳐보는 사람들에게도 가져다주고."

그렇게 말하고 다른 이들에게도 쿠키를 주는 것을 각각의 파트너 요정이 받아서 본인에게 가져갔다.

"아하하하, 윤이랑 토우토비가 두근두근거리는 장면을 봐서 깜짝 놀랐어."

"뭐라고 할까. 응, 나도 두근거렸어."

"후후후, 마치 여학교의 상급생과 하급생 같은 관계였네요. 꼭 섞이고 싶어."

평소에는 딴죽을 넣는 미닛츠와 코하쿠까지도 그걸 포기하고 이쪽을 빨간 얼굴로 바라보았다. 리레이는 요정에게 쿠키를 나눠주면서 황홀한 표정으로 이쪽에게 뜨거운 시선을 보냈다.

"윤이, 여자가 직접 만든 쿠키다! 이걸로 이길 수 있어!"

간츠만큼은 쿠키를 들고 기쁨에 몸을 떨었는데, 얼른 먹어.

나도 작은 꾸러미를 장난꾸러기 요정에게 나누어 먹고 탐색을 재개했다.

파워 계열 플레이어들이 모인 타쿠네 파티는 적을 쓸어버리면서 선행했겠지만, 이쪽은 안전과 신중을 제일로 삼으면서 신속하게 따라가는 것을 목표로 하였다.

도중에 발견한 보물상자를 토우토비가 열고 움직이는 가시덤불 장벽으로 구조가 변하는 미궁도 수수한 매핑 덕분에 출구와 조금씩 가까워져서——.

"아자, 드디어 출구야."

"좋았어! 모두와 합류다."

가시덩굴의 미로 출구가 보여서 안도의 숨을 내쉬는 미닛츠와 출구로 얼른 달려가는 간츠. 그리고 그 뒤를 따라가듯이 돌격하는 요정들.

너무 부주의한 행동은 하지 말았으면 싶은데, 나라고 너무 까칠한 규율행동을 요구하는 건 아니고 출구까지 트랩이나 몹도 없기 때문에 뒤에서 미닛츠가 잔소리 하는 걸로 끝나겠지.

우리도 간츠의 뒤를 따라서 미로의 출구를 빠져나갔다.

가시덩굴 미로의 끝에는——.

"타쿠네는 없네. 우리가 먼저 도착했나?"

설마 싶은 상황에 주위를 둘러보았다.

말라비틀어진 풀들이 펼쳐진 땅은 원래 아름다운 꽃밭이었겠지. 그리고 여기가 요정마을의 중심이라면——.

——[한정 퀘스트 : 요정마을을 구해라 4/4]
반수식물 [카니발 플랜트]를 쓰러뜨리고 요정여왕을 구해라.

메뉴의 퀘스트가 진행된 것을 확인하고 문제의 보스를 찾았다.

말라버린 꽃밭의 중심으로 다가가서 주위를 둘러보았지만, 보스 같은 모습은 보이지 않았다.

"없는데. 어디에——?!"

바로 밑에서 [간파] 스킬에 엄청난 반응이 다가오는 게 걸렸다.

"보스가 나타난다! 준비해!"

그 존재를 깨달은 나와 토우토비는 즉각 활을 손에 들고 소리쳤다.

단 한마디에 전원이 순식간에 임전태세에 들어가서 보스의 출현을 기다렸다.

지면을 헤집고 나타난 것은 굵은 가시덩굴이 몇 개나 얽혀서 하나의 거대한 나무가 되고 무수한 장미꽃을 피웠다. 그리고 그 장미꽃을 지키는 것이 채찍처럼 휘어진 두 개의 가시넝쿨이었다.

본체인 듯한 거대한 장미나무 [카니발 플랜트]와 그것을 수호하는 넝쿨의 채찍 [손윕]이 우리 앞에 나타났다.

"윤, 어떻게 하지?"

"리더니까 뭔가 지시를!"

"이럴 때에 타쿠랑 뮤우라면 뭐라고 말할까……."

나 자신은 눈앞의 거대한 장미나무를 간단히 쓰러뜨릴 수 없다. 또한 내게는 리더로서의 경험이 없다. 강하지 않다.

타쿠네는 없다. 그렇게 부정적인 상황에서 나는 동료를 믿기로 했다.

"익숙하지 않으니까, 전원 임기응변으로 대응을 부탁해! 〈존 인챈트〉──스피드!"

전원이 각자 최적의 행동을 하리라고 믿고 아군 전원에게 속도 인챈트를 걸어서 회피능력을 끌어올렸다.

전위인 간츠는 벌써부터 돌격하고, 여태까지의 경험을 살려서 본체의 장미꽃을 향해 공격을 걸었다.

"〈인챈트〉──어택, 디펜스!"

제일 먼저 적과 접촉하는 간츠에게 계속 인챈트를 걸었다. 양자가 격돌하고, 간츠가 장미꽃을 으스러뜨리듯이 주먹을 내뻗자, 수호하는 [손입]이 간츠의 손목에 휘감겨서 기세좋게 공중으로 내던졌다.

"어?! 제법인데. 하지만──."

본체에 공격성이 없다는 걸 확인한 간츠는 히죽 웃었다. 그 직후에 토우토비가 내달렸다.

두 번째 [손입]을 따돌린 토우토비가 순식간에 두 개의 장미를 떨어뜨렸다. 깊숙한 안쪽이라 대처하기 어려운 곳만을 핀포인트로 노리고 그대로 반대쪽으로 빠져나갔다.

장미꽃의 숫자는 많았지만, 대처하기 어려운 건 아니었다.

그리고 우리의 공격은 아직 끝나지 않았다.

"──〈프레임 서클〉!"

"──〈리틀 토네이도〉!"

좁은 미로에서는 발동시키지 않았던 리레이와 코하쿠의 화염과 바람의 화염 소용돌이. 순식간에 본체의 [카니발 플랜트]를 뒤덮어서 온몸의 장미꽃들을 대부분 태워버렸다.

화염 소용돌이는 [카니발 플랜트]의 장미만이 아니라 가시덩굴 채찍인 [손윕]도 태워서 덩굴 길이가 절반 정도로 짧아졌다.

"──〈연사궁 2식〉!"

나는 불타고 남은 장미를 화살로 쏴서 떨어뜨렸다. 반대쪽으로 빠져나간 토우토비나 던지기에 날아간 간츠도 반전해서 차례로 장미꽃을 부쉈다.

그리고 마지막 장미를 따냈을 때, 장미나무가 울면서 꿈틀대기 시작하고 더욱 거대한 장미나무를 만들었다.

"부활이라니 귀찮네. 환수포식자 같은 적이야. 윤은 이 녀석을 어떻게 할 거지?"

"약점인 장미꽃이 커졌지만 숫자는 줄었어! 계속 공격하면 마지막에는 없어지겠지."

"나도 빛 마법으로 공격에 가담할까?"

"미닛츠는 회복에 전념해줘."

미닛츠에게서 공격 참가의 제안을 받았지만, 힐러 역할에 전념해달라고 부탁하여 안전하게 가기로 했다.

이어서 두 번째 재생에서는 [손윕]도 또 하나 늘어서 우리를 방해하였다.

코하쿠와 리레이의 혼합마술을 쏠 틈도 줄어들고, 각자가 회피에 전념하면서 단발로 약점인 장미꽃을 처리하였다.

장미꽃이 커졌지만, 숫자도 줄었기 때문에 공격하기 쉬워졌다. 하지만 그걸 방해하는 [손윕]의 재생과 증식의 페이스가 빨라졌고, 세 번째 재생에서는 가시덩굴 채찍을 사방팔방으로 무차별로 휘둘렀다. 더군다나 서서히 그 발사 간격이 짧아지고 탄막의 폭풍이 되었다.

가시덩굴 채찍의 위력은 단발로는 별로지만, 그렇다고 무시하고 계속 맞아도 될 정도로 만만한 공격도 아니었다.

미닛츠의 최대 회복과 포션의 병용. 그리고 코하쿠와 리레이가 방어마법으로 안전지대를 만들어서 서서히 장미꽃을 파괴하였다.

"제길, 선택을 잘못했나. 도중에 공격하지 않고 시간을 끌면서 타쿠네가 도착하는 걸 기다리는 게 좋았을지도."

"……그건 아니에요. 지금도 적의 공격이 기세를 더하고 있으니까 단기결전은 틀림없어요."

"고마워, 토우토비."

안전지대에서 회복과 인챈트를 하면 약한 소리를 중얼거리던 나를 토우토비가 다독였다.

임시로라도 리더가 되었으니 정신 단단히 차려야지!

"이럴 때 케이가 있으면 방패가 되어서 접근할 수 있을 텐데. 어쩔 수 없지, 내가 갈까. 윤, 전력지원!"

"알았어. 〈인챈트〉——어택, 디펜스, 스피드. 이건 덤이야. 〈엘리먼트 인챈트〉——웨폰!"

마지막 장미꽃을 향해 돌격을 감행하는 간츠에게 최대한의 인챈트를 걸었다.

세 종류의 인챈트와 속성석을 소비하여 간츠의 주먹에 화 속성을 인챈트하였다.

"우아아! 내 손에서 화염이! 멋져! 게다가 뜨겁지 않아! ──"됐으니까 얼른 가!"──우앗!"

헛소리를 지껄이려는 간츠의 등을 때려서 내쫓는 미닛츠. 그 기세에 방어마법의 안전지대에서 달려 나가서 호를 그리듯이 접근하는 간츠.

"하압──〈손가락 찌르기〉!"

간츠가 날린 연속 찌르기가 혈로를 열었다.

검지에서 시작한 찌르기는 그 손가락 숫자를 늘리며 연속 네 번의 지르기를 날렸다.

귀찮은 [손윕]을 꿰뚫고 장미꽃까지의 최단 코스를 열었다. 세 번째와 네 번째 찌르기가 장미꽃에 닿자 화 속성 인챈트의 불꽃이 옮겨 붙어서 장미꽃이 불속에서 흩어졌다.

"좋아, 이걸로 끝이다!"

이걸로 모든 장미꽃을 파괴했다. 이걸로 보스 [카니발 플랜트]를 파괴했다.

"의외로 어떻게든 해치웠네."

남은 [손윕]도 급속하게 시들더니 부서져서 빛의 입자로 변했다.

가시나무는 꽃밭의 중앙에 여전히 남았지만, 이 이상 장미꽃이 피지 않는 것을 보면 이걸로 끝이겠지.

"윤, 애쓰고 돌아온 나를 칭찬해!"

"그래, 그래, 수고했다. 자, 회복용 하이포션."

"차갑긴."

하이포션을 던져 주자 단숨에 들이켜서 마지막 돌격으로 입은 대미지를 회복하는 간츠.

코하쿠와 리레이도 방어마법의 전개를 풀고 '의외로 간단했네'라는 말을 저마다 나누었다.

"이거 타쿠네가 오기 전에 해치웠는데, 나중에 불평 안 들으려나?"

혼자서 쓴웃음을 지었지만 문득 의문이 남았다.

장미꽃을 죄다 파괴했어도 가시나무가 사라지지 않는 건 왜지?

그리고 구출 목표인 요정여왕은 어디에?

그런 생각을 하며 조용히 있는데, 장난꾸러기 요정이 내 옷자락을 잡아당겼다.

"저거 아직 살아 있어."

"어?"

무슨 소리를 하는 거지? 되물으려고 돌아보았을 때 가시나무에 변화가 있었다.

얽혔던 가시덩굴이 풀리듯이 열리면서, 그 안에서 가장 큰 장미꽃봉오리가 나타났다.

"크, 크다."

몇 겹으로 꽃봉오리가 겹친 형태를 이룬 봉오리는 우리의 몸을 가볍게 뛰어넘는 크기였다.

여태까지 파괴한 장미꽃들은 대체 뭐였을까 싶었다.

약점이 아니라 솎음. 이 거대한 장미를 키우기 위해 솎아낸 게 아닐까 싶었다.

그리고 서서히 꽃피는 장미 안에서 마물이 모습을 보였다.

장미꽃 중심에는 악어 같은 턱을 가진 머리가 있고, 풀어진 가시덩굴은 손발처럼 움직였다. 악어의 목에는 가시덩굴로 된 우리가 있고, 그 안에 요정들과 마찬가지로 날개가 난 소녀가 무릎을 껴안듯이 갇혀 있었다.

"이건 [카니발 플랜트]의 제2형태."

리레이의 혼잣말 직후, 올려다본 악어 머리의 반수식물 몬스터는 이쪽을 내려다보고 포효를 질렀다.

"으윽……."

지면의 작은 모래들이 떠오를 정도의 포효의 압력에 나는 무릎을 꿇고 귀를 막았다.

전투가 끝났다고 마음이 풀어져서 같은 장소에 모여 있었기 때문에 전원이 같은 공격을 받았다.

[마비]나 [저주]를 시작으로 여러 상태이상이 랜덤으로 걸렸다.

긴 포효가 끝나고 운 좋게 행동을 저해하는 [수면]이나 [기절]의 상태이상을 받지 않은 내가 마비 해제 포션으로 회복하여 신경을 돌린 순간 두 개의 척수가 발밑에서 다가왔다.

"꺅!"

"토우토비! 큭, 놔! 끄윽!"

나와 토우토비는 뻗어온 촉수에 붙잡혀서 허공에 매달렸다. 도망치려고 몸을 비틀었지만, 완전히 몸에 얽히는 바람에 지면에서 다리가 떨어졌다.

"놔! 내려줘! 큭, 아프잖아!"

끼익끼익 몸을 기계로 졸라대는 듯한 고통에 신음이 새어 나왔다. 붙잡히지 않았던 다른 이들은 아직 상태이상에서 완전히 회복되지 않아서 움직일 수 없었다.

나와 마찬가지로 붙잡힌 토우토비도 [마비]가 남아 있는 건지, 말은 하지만 축 늘어진 채였다.

"큭! 이거라면 저주를 풀면……."

[마비]와 [저주]의 상태이상에서 먼저 [마비]를 치료했기 때문에 [저주]의 효과로 마법도 쓸 수 없다. 이 상황에서 믿을 만한 아이템도 두 손에 붙잡혀서 움직이지 않고, 힐러인 미니츠도 [저주]와 [기절]의 상태이상.

간츠는 내성이 있었는지 비교적 가볍지만 그래도 [마비]는 걸렸다.

그리고 리레이와 코하쿠는 나란히 [수면]과 [기절]이라서 금방 회복될 것 같지 않았다.

"이거 핀치네."

절체절명의 상태. 가시덩굴이 얽히면서 팔이나 몸을 찔러서 대미지가 쌓였다.

그리고 서서히 입을 벌린 악어 머리로 끌려가는 나와 토우토비.

이대로 잡아먹히면 어떻게 되는 걸까. 그 목 근처에 있는 요정여왕과 마찬가지로 붙잡혀서 이후의 전투에 참가할 수 없는 걸까. 아니면 강제 리타이어로 퀘스트 실패일까.

아아, 이제 틀렸다. 그렇게 생각하며 저항을 포기하려는 때——.

"포기하지 마. ——〈소닉 엣지〉!"

충격파가 나와 토우토비를 붙잡은 가시덩굴을 찢고, 지면에 떨어지기 전에 누군가가 우리를 받아주었다.

"본대 등장! 일단 회복부터——〈큐어〉, 〈디스펠〉, 〈리셋〉, 〈쿨다운〉!"

이어서 상태이상 회복 마법이 연속해서 걸렸다.

〈큐어〉는 [독]과 [마비]에 대응하고 〈디스펠〉은 [저주]와 [매료]에. 〈리셋〉이 [수면]과 [기절]. 마지막으로 〈쿨다운〉이 [혼란]과 [분노]라는 식으로, 한 종류에 두 개의 상태이상에 대응하는 회복마법을 썼다.

"여어, 미안. 늦었어."

"히어로는 늦게 등장하는 법이야!"

그 뒤에 또 다른 미로의 출구에서 나타난 동료들을 보니 안도의 숨이 새어 나왔다.

이걸로 열두 명 전원이 모였다. 이제부터가 진짜다.

●

"상태이상 공격은 전체가 아니라 지정한 범위공격이야! 적당히 산개해!"

""""알았어!""""

타쿠가 즉각 지시를 내리고, 복귀한 전원이 재빨리 행동을 개시했다.

타쿠의 리더로서의 능력은 나 같은 것과 비교도 되지 않을 만큼 능숙해서 그 모습을 멍하니 올려다보았다.

"타쿠 오빠, 언제까지 윤 언니를 안고 있게?"

"어, 미안, 잊고 있었네."

"어?! 아! 얼른 내려줘!"

타쿠가 날 지면에 내려줘서야 간신히 한숨 돌렸다.

왠지 묘하게 미적지근한 시선을 받는 듯하지만, 전원 실력 있는 플레이어들이니까 그런 시선을 보내면서도 확실히 자기 일을 하였다.

"타쿠, 뮤우. 저기…… 고마워."

그렇게만 말하고 후위 쪽으로 달려가자, 츤데레라는 둥 데레라는 둥 하는 속닥거림이 들렸다.

하지만 그런 소리를 지워버리듯이 타쿠의 지시가 날아들었다.

"케이랑 루카토는 전위에서 공격을 받아내! 간츠랑 뉴우, 토비, 히노는 유격으로 돌아서 좌우에서 공격. 윤은 활로 견제하면서 후위의 MP 관리 총괄과 인챈트로 보조. 미닛츠는 전위의 HP 관리를 부탁해!"

타쿠의 지시를 받아 나는 얼른 MP 포션을 건네어 MP를 회복시켰다.

"〈존 인챈트〉——어택!"

눈에 보이는 범위의 전원에게 공격 상승의 인챈트를 걸고, 다시금 넓은 시점에서 보스 몹을 보았다.

보스 [카니발 플랜트]는 거대한 장미꽃 안에 악어의 머리를 가진 몬스터다. 여태까지는 장미꽃의 잔량이 HP와 같은 의미였던 보스는 제2단계가 되면서 HP가 표시되었다.

그 머리는 상태이상의 포효나 깨물기, 입에서 공기포 등의 공격을 한다.

본체인 악어 머리를 지키는 가시촉수는 전부 다 해서 여섯 개고, 그 끝에는 장미봉오리가 달려 있었다. 촉수의 공격법은 채찍처럼 휘두르기, 방해를 위한 가시덩굴 장벽, 그리고 봉오리에서 쏘는 용해액 공격이다. 지면에 떨어진 황색 액체는 하얀 연기를 내뿜으면서 지면을 녹였다.

"귀찮아!——〈소닉 엣지〉!"

악어 머리를 공격할 타이밍을 재던 타쿠가 원거리에서 충격파를 날려서 공격하였지만, 그걸 가시촉수가 족족 막아냈다. 그렇다면 공격대상을 촉수로 바꾸어서 부위파괴를 노리는 타쿠.

연속해서 날린 공격으로 촉수가 파괴되지만…….

"재생은 예상했지만 조금 빠르군."

타쿠가 촉수를 파괴하느라 시간을 들이자 곧 원래대로 돌아왔다. 모든 촉수를 파괴하면서 안전하게 본체를 공격할 시간이 없다 싶어서 전위는 일찌감치 촉수를 공격하길 포기했다.

"후후후, 재생하는 속도 쪽이 빠른가. 그럼 본체를 공격할 뿐입니다. 윤 씨!"

"〈인챈트〉——마인드!"

"갑니다——〈프레임 서클〉!"

"맞출게!——〈리틀 토네이도〉!"

리레이와 코하쿠에게 마법공격 상승 인챈트를 써서 두 사람의 합동기인 화염 소용돌이가 [카니발 플랜트]의 눈앞에 나타났다.

인챈트로 스테이터스가 올라간 화염 소용돌이는 전 단계에서의 공격보다 위력이 늘어나서 보스를 덮쳤다.

방어에 임하는 세 촉수가 만든 가시덩굴 방벽이 화염 소용돌이를 가로막았지만, 위력만 약해지고 장미꽃과 악어 머리를 그대로 삼켰다. 화염 속에서 악어의 비명소리가 들렸다.

"대미지는 좋아! 계속해서 간다!"

여섯 개 중 세 개의 촉수가 사라졌지만, 아직 남은 세 개의 촉수를 휘두르면서 화염을 털어내는 [카니발 플랜트].

타쿠 등 전위는 공격하기 쉬워진 순간에 일제히 달려가서 차례로 아츠를 날렸다.

나도 거기에 맞추어서 원거리에서 화살을 날려 전투에 공헌했다.

"——〈피프스 브레이커〉!"

"——〈그랜드 해머〉!"

"——〈넥 헌트〉!"

"——〈도깨비 사냥 차기〉!"

"——〈파워 버스터〉!"

뮤우, 히노, 토우토비, 간츠, 타쿠 순서로 날린 아츠의 연속공격으로 큰 대미지가 들어간 데다가 화염 소용돌이까지 합쳐서 3할의 HP를 깎아내었다.

악어 머리를 받치는 가시덩굴이 부풀면서 서서히 입가를 향해 올라왔다.

"음! 그렇겐 안 되지!——〈포트리스〉!"

"이쪽도 갑니다. 하압!——〈쇼크 임팩트〉!"

[카니발 플랜트]에서 날아오는 공기포에 대해 케이는 방패를 들었다. 공기의 흔들림만을 힌트로 삼아서 착탄 순간에 방어 아츠를 발동하고 순간적인 방어력을 올려서 공격을 상쇄하였다.

또한 루카토는 케이의 상공을 넘어서 날아온 촉수의 용해액을 아츠를 담은 검으로 튕겨내었다.

"케이, 대단해. 그 공격을 용케 알았네?"

내 혼잣말에 마미가 대답했다.

"그건 특훈을 해서. 케이는 아주 노력가거든요."

공격을 받는 순간, 방패의 각도나 무릎 관절을 사용하여 대미지를 흘리는 기술. 거의 보이지 않는 공격에 저렇게까지 할 수 있구나 싶어서 감탄하는데, 옆에 선 마미가 자기 일처럼 자랑하고 그걸 미닛츠가 히죽거리면서 즐거운 듯이 웃었다.

"과연, 케이와 마미의 특훈의 성과인가."

"네엣?! 그, 그런 게 아니에요."

어딘가 기어들어 가는 목소리로 동요하면서도 바람의 방어마법을 유지하는 마미.

케이의 물리적인 벽과 마미의 바람의 장벽. 두 사람의 견고한 벽으로 후위의 안전이 지켜진다.

"자, 계속 간다!"

타쿠가 목청을 높이고 다시금 공격할 기회를 엿보았다. 때때로 상태이상의 포효가 오려는 것을 모션을 보고 판단하여 곧바로 범위에서 이동, 또 상태이상에 걸린 자는 원거리는 미닛츠의 회복, 근거리는 내 포션을 활용하면서 전투를 계속했다.

HP의 감소에 따라 촉수의 재생속도, 숫자의 증가, 공격은 더욱 거세졌다. 그래도 전원이 자기 역할을 똑바로 했기 때문에 안정된 싸움이 가능했다.

그리고 드디어 HP를 1할까지 줄였다.

"좋아, 마무리 간다! 다들 정신 바짝 차려!"

타쿠의 격려를 받으면서, 한층 거세진 공격에 내 공격이 통하지 않게 되었기 때문에 나는 인챈트에 집중했다.

"〈존 인챈트〉──스피드!"

속도를 높인 전위들이 종횡무진 내달리며 보스의 악어머리를 향해 접근했다.

가시채찍이나 용해액, 거기에 맞서서 마지막 일격을 넣은 것은 케이와 뮤우였다.

"우아아아아! 탱커를 얕보지 마라!"

방패를 앞으로 쳐들고 강화된 속도를 이용하여 최단거리로 달려가는 돌격은 쇳덩어리가 전진하는 것처럼 보였다. 모든 공격을 막고, 기세로 튕겨내는 케이의 뒤에 숨은 뮤우가 접근한 순간 케이의 등을 발판 삼아 높게 뛰어올랐다.

"이거라면 끝낼 수 있어. ──〈피프스 브레이커〉!"

공중에서 자세를 제어한 뮤우가 다섯 번 연속으로 베는 아츠를 날리고, 그대로 악어머리를 빠져나가 지면에 착지했다.

확실히 HP를 죄다 없앴지만, 보스는 건재했다. 아니, 눈동자 색깔이 새빨갛게 물들고 더욱 광폭하게 날뛰기 시작했다.

"어이, 어이. 아무리 난이도가 오르면서 옵션이 잔뜩 붙는다고 해도 마지막의 마지막 순간에 발광 모드냐!"

HP는 없어졌지만, 마지막 일격을 넣지 않으면 쓰러지지 않는 발광 모드 상태의 [카니발 플랜트]는 여태까지 이상의 거센 공격으로 전위에게 대미지를 입혔다.

 "〈존 인챈트〉──디펜스!"
 "늦지 말아줘──〈라운드 힐〉!"
 내 존 인챈트와 미닛츠의 광역회복마법으로 전위의 대미지를 줄일 수 있었지만, 한 차례 작전을 다시 짜기 위해 전력으로 친 방어마법 뒤로 전원이 집합했다.
 우리가 모여서 작전을 짜는 동안에도 [카니발 플랜트]가 쏘는 용해액의 연기로 보스의 모습이 흐리게 보였다.
 "……어쩐다. 어떻게 하면 마지막 일격을 넣을 수 있지?"
 마지막 일격만 넣으면 문제없다. 그러니까 전원이 물량을 믿고 돌진한다는 무식한 방법도, 덮어놓고 쏘다보면 맞는다는 이론도 있지만, 조금이라도 가능성이 높은 방법을 전원이 모색했다.
 "마지막 일격을 어떻게 하면 안전하게 넣을 수 있을까."
 "내가 할게! 내가 하고 싶어!"
 "간츠. 지금 생각하는 건 라스트 어택의 지원자가 아니라 가장 안전하게 넣는 방법이야."
 그리고 짧은 시간 동안 여러 의견이 나오는 가운데 뮤우가 어떤 작전을 제안했다.
 "예이! 나한테 생각이 있어!"

"뮤우는 어떤 작전을 제안할 거지?"

"나는 말이지, 언니가 돌격하는 게 제일 접근할 수 있다고 생각해!"

"어?! 나?!"

갑작스러운 제안에 경악하였지만, 뮤우의 작전을 들으면 분명히 내가 가장 접근할 수 있다 싶어서 그 작전이 채용되었다.

작전은 지극히 간단해서, 공격 담당을 보스 근처까지 다 함께 데려가는 것이었다.

"토우토비. 준비 다 됐어?"

"예. 괜찮습니다. 갑니다!──〈쉐도우 다이브〉!"

토우토비가 내 그림자 안에 들어가서 아공간에서 대기한다.

내 역할은 라스트 어택을 넣을 토우토비를 안전히 보스 근처까지 운반하는 것이다. 나는 어떤 공격이라도 몇 차례 막아주는 액세서리인 [대신하는 보옥의 반지]를 가지고 있기 때문에 뽑혔다.

나는 타쿠와 나머지 전위의 보호를 받으면서, 또 스스로를 [대신하는 보옥의 반지]로 지키면서 보스에게 접근하여 토우토비를 안전하게 운반한다.

"작전 실행이다! 우리를 막지 마!"

타쿠의 호령과 함께 리레이 등의 후위는 방어마법에서 공격마법으로 전환하였고, 공중에서 마법과 용해액의 포격전이 시작되었다.

"이 방패를 걸고 전력으로 지키지!——〈포트리스〉."

"저도 이 검에 걸겠습니다!——〈쇼크 임팩트〉!"

전위가 전력으로 달리고 타쿠, 뮤우, 간츠, 케이, 루카토가 우리를 지키면서 접근하는 적의 공격을 막아냈다.

케이와 루카토가 자기 무기를 앞으로 쳐들고 공격을 쳐내면서 전진했다.

"윤과 토우토비를 잃을 순 없지!——〈소닉 엣지〉!"

"이쪽도 질 수 없어!——〈솔 레이〉!"

타쿠와 뮤우가 원거리공격으로 진로상의 [손웝]을 베어내었다.

"자잘한 공격을 쳐내는 건 별로지만 해볼까!——〈유수의 마음〉!"

간츠의 두 손에 푸르스름하게 빛나고 일행의 방어를 빠져나온 촉수를 만졌다.

그렇게 닿은 손은 원을 그리면서 공격을 쳐내고 흘리며 우리를 지켰다.

하지만 아츠 사용 후에는 경직 시간이 존재한다.

"윽, 까아악!"

공격을 튕겨낸 직후에 자신의 무기 때문에 사각이 된 장소에서 날아온 용해액을 어깨에 맞고 충격을 받아 뒤로 쓰러지는 루카토.

"루카토!"

"윤, 멈추지 마!"

타쿠의 질타에 멈출 뻔한 다리를 앞으로 내디뎠다. 그리고 루카토의 구멍을 메우기 위해 방패만이 아니라 두 손을 펼치고 온몸의 갑옷으로 공격을 받아내는 케이.

"공격은 다 막아낼게! 이틈에 나머지 가시덩굴을."

"알았어!──〈소닉 엣지〉!"

"──〈솔 레이〉!"

타쿠와 뮤우의 공격으로 [손웝]이 모두 쓰러졌다.

"윤, 재생하기 전에 달려!"

"〈인챈트〉──스피드!"

나는 케이의 옆을 빠져나가서 단숨에 보스에게 접근했다. 앞으로 십여 미터. 토우토비가 보스를 공격할 수 있는 위치까지 달리자, 지면에서 새로운 [손웝]이 나타났다.

"칫, 아직도 부하가 남았나. 여기서 어떻게 할 순 없어."

뒤에서 타쿠가 재생하기 시작한 다른 [손웝]에게 대처하고 있다. 여기는 나 혼자 힘으로 빠져나가야 한다.

"생산직의 저력을 보여주마!"

좌우에서 덮치는 가시덩굴을 보고 [하늘의 눈]이 생각할 시간을 벌었다. 어떻게 발버둥 쳐도 무사히 빠져나갈 수 없다. 나는 일부러 대미지를 각오하고 돌격했다.

"──[봄]!"

오른쪽 손에 쥔 매직 젬을 덮쳐드는 가시덩굴에 대고 폭파시켰다. 왼쪽에서 오는 공격은 반대로 끌어들여서 최소한의 대미지로 돌파했다.

나의 [봄] 매직 젬과 가시덩굴의 대미지로 [대신하는 보옥
의 반지]의 보석이 파괴되었지만 충분했다.

앞으로 5미터. 몇 걸음만 더 가면 도착할 거리에서 다리
가 멈췄다.

"조금만 더 가면 되는데!"

발밑을 보니 방금 전에 공격해 온 가시덩굴과 또 다른 것
이 지면에서 자라나 왼쪽 발목에 얽혀 있었다.

"언니!"

뮤우의 목소리가 들렸다. 지금 나는 새롭게 생겨난 가시
덩굴에 발목부터 칭칭 휘감겼다. 여기서 내 그림자에 숨은
토우토비가 나타난다고 해도 나와 마찬가지로 가시덩굴에
붙잡힐 뿐.

아직 포기할 순 없어!

"뮤우! 빛을! 그것도 최대급으로!"

"응! 알았어!──〈라이트〉!"

내 말의 의미가 똑바로 전해졌다. 뮤우가 쏜 보조마법
〈라이트〉는 눈부실 정도의 광량으로 주위를 밝혔다. 그 영
향으로 내 그림자는 [카니발 플랜트] 근처까지 길게 뻗었다.

그리고──.

"뛰어올라, 토우토비. ──〈클레이 실드〉!"

"계속 이 순간을 기다렸습니다. ──〈넥 헌트〉!"

그림자 속에 계속 숨어 있던 토우토비가 그림자 안에서

뛰쳐나왔다.

내가 악어 머리에게 가는 길로 발판이 되는 흙벽을 만들어내고, 토우토비가 그걸 뛰어올라 갔다. 흙벽에서 도약한 토우토비의 손에 쥐어진 단도가 빛을 띠며 악어 머리의 목젖을 향했다. 커다란 호를 그린 공격은 굵은 악어 목에 상처를 내고, 그대로 머리만이 무너지듯이 사라졌다.

남은 가시덩굴은 서서히 시들고, 마지막에 남은 것은 한 송이 거대한 장미.

그리고 그 안에 한 여성이 일어섰다.

"고맙구나, 요정마을의 주민들. 바깥 세계에 도움을 청해 줘서. 그리고 요정마을 주민들의 요청이 응해준 인간들이여, 고맙습니다"

부드럽고 맑은 목소리로 말하기 시작한 NPC. 전원이 그녀의 주위에 모였고, NPC는 접었던 날개를 펼쳐서 옅은 인광을 띠었다.

"나는 요정마을의 요정여왕. 이번 일에 대해 모두에게 감사와 사례를."

한정 퀘스트 [요정마을을 구해라]를 무사히 클리어할 수 있었다.

각각의 플레이어와 그들을 이 자리로 이끈 파트너 요정이 모여들고 요정여왕과 마주 보았다. 그러자 이 말라비틀어진 꽃밭도 [카니발 플랜트]의 거대한 장미를 지면에 흡수하여 색색의 꽃을 피우기 시작하고, 멀리 숲 속에 숨어 있던 요정들이 모이기 시작했다.

"이건……."

"이 요정마을은 이번에 마물의 습격을 받아 큰 대미지를 받았습니다. 원래대로 되돌리기 위해 모두와 힘을 합칠 생각이지만, 지금은 사례라고 할 만한 것이 없습니다. 그러니——."

요정에게 전해지는 무엇일까. 작게 말하기 시작한 요정여왕도 그 말에 고개를 끄덕인 요정들. 물론 내 근처에 떠 있는 장난꾸러기 요정도 고개를 끄덕이고 내 앞에 섰다.

"그럼, 잘 부탁해."

그렇게 말하고 녹색 빛의 입자로 변하여 내가 오른손에 낀 거친 철 반지에 빨려들었다.

타쿠나 뮤우 쪽도 마찬가지로 각각의 장비나 몸에 요정이 빨려 들어가서 사라졌다.

6장   소원과 사신

"이거 무슨 보수지?"

내 혼잣말에 중요 NPC인 요정여왕이 대답해주었다.

"인간들에게 사례로 줄 수 있는 것이 지금 요정마을에는 없습니다. 그러니까 당신들에게 붙은 요정들이 당신들의 요구에 응하여 가능한 범위로 세 번의 [소원]을 들어준다. 이것이 이번 보수입니다."

그 말을 듣고 나는 장난꾸러기 요정이 붙은 거친 철 반지를 확인했다.

요정이 붙은 철 반지 [장비]

DEF +2   추가효과 : [요정 빙의 (3/3)]

"오, 도우미 아이템인가."

액세서리의 추가효과에 빈 자리가 있는 장비, 혹시 빈 자리가 없는 장비를 가진 플레이어는 대신 인벤토리에 있는 장비에 랜덤으로 [요정 빙의]가 발생한 모양이다.

전원이 그 장비를 꺼내어 확인하였다.

"어머, 우리의 요정들이 액세서리가 되었네."

"그렇긴 해도 가능한 범위입니까…… 어떤 소원을 빌면

좋을까요."

뮤우와 루카토는 각자 소원의 내용에 대해 의논하고, 모두가 각자 상담하기 시작했다.

"좋아, 내가 제일 먼저 쓰지!"

"간츠! 서두르지 마!"

"나와라! 요정!"

케이의 충고를 무시하고 혼자 [요정 빙의]의 브레이슬릿을 쳐든 간츠는 거기서 요정을 불러냈다.

"예이예이. 벌써부터 나한테 뭘 부탁하게?"

"내 소원은——무기를 강화할 최강의 소재를 원해!"

그 소원에 우리는 기가 막혔다고밖에 할 수 없었다. 가능한 범위라고 했는데…….

"최강이라면 구체적으로 뭔데~."

"그래. 드래곤이라든가, 거인 같은 최강생물의 강화소재지!"

"그런 걸 요정 한 마리가 들어줄 수 있을 리가 없는데."

그렇게 말하며 소원을 거부하는 요정.

"어, 안 돼? 그, 그럼, 어어, 조금 더 랭크가 낮은 강화소재 같은 걸 찾아다줘!"

"그것도 무리야. 저기, 달리 소원 없어? 없으면 돌아간다~."

"어어, 저기……."

"10, 9, 8……."

무정하게도 카운트다운을 시작하는 요정에 허둥대는 간츠. 그리고——.

"뭐라도 좋으니까 강화소재를 찾아와주세요!"

"예, 시간 끝. 그럼."

카운트다운이 끝나버려서 요정은 다시 브레이슬릿 안으로 돌아갔다.

"헤에, 이런 느낌인가."

불명료한 소환으로 공연히 낭비된 [요정 빙의]의 효과로 간츠의 소원은 두 개 남았다. 거기에 낙담하여 두 손 두 무릎을 지면에 대고 고개를 수그린 간츠에게 다른 이들은 위로하는 게 아니라 냉정하게 분석했다.

"으음, 그렇다면 더 가볍게 들어줄 수 있는 소원 쪽이 좋겠군. 소원의 샘플에서 어떤 범위의 효과인지 조사해야지."

"간츠 씨 덕분에 우리가 신중하게 소원을 생각할 수 있어서 다행입니다."

"간츠, 네 희생은 헛되이 하지 않겠어."

"하다못해 위로해줘!"

타쿠, 뮤우, 케이 순서로 건넨 말에 대해 간츠가 소리쳤다.

다른 전원들에게서 뜨뜻미지근한 시선을 받은 간츠의 여전한 모습에 쓴웃음이 나왔다.

그런 상황이 진정되고 NPC 요정여왕이 우리에게 말을 걸었다.

"그럼 슬슬 여러분을 인간 세계로 보내겠습니다. 이번에는 정말 고마웠습니다."

시간이 왔나. 우리 전원의 발밑에 페어리 서클로 전이했을 때와 같은 빛이 나오기 시작했다.

빛기둥이 완성될 때까지, 숨어 있던 요정들이 손을 흔들어 전송해주었다.

가능하면 다음에는 아름다워진 요정마을을 찾아오고 싶다는 생각을 하면서 우리는 전송되었다.

분명히 처음에 페어리 서클로 전이했던 곳으로 되돌아올 줄 알았는데, 합동 파티 전원이 제1마을의 포털 앞으로 전송되었다.

"어디, 퀘스트도 클리어했으니 이다음에 어쩔래? [요정 빙의] 효과를 검증하기 위해 사람이라도 모을까?"

"예이~! 이다음에 뒤풀이로 어디로 먹으러 가자!"

퀘스트가 끝나고 모두가 다음 행동을 시작했다.

타쿠가 중심이 된 [요정 빙의]의 검증 그룹.

뮤우가 중심이 된 퀘스트 종료의 뒤풀이 그룹.

그리고 기타 사람들은 지쳤으니까 휴식을 하려는 그룹.

"나는 일단 [아트리엘]로 돌아가서 그대로 로그아웃할래."

"에이~, 같이 가자."

"조금 지쳤으니까."

그렇게 말하고 단 음식 순례를 획책하는 뮤우의 머리를 쓰다듬어 진정시킨 뒤 멤버들을 떠났다.

[아트리엘]에는 NPC 쿄코가 마중 나왔고, 간신히 돌아왔

다는 기분이 들어 긴 한숨이 나왔다.

"윤 씨, 어서 오세요."

"그래, 쿄코. 가게에 무슨 일 없었어?"

"평소처럼 단골 분들이 포션 등을 사갔을 뿐입니다. 또 하이포션의 보충을 우선했으면 합니다."

"알았어. 나중에 확인할게."

나는 지친 마음으로 뤼이와 자쿠로에게 위안을 얻으려고 두 마리를 소환했다.

"꾸우~."

"힘들어. 뤼이, 자쿠로, 조금만 위로해줘."

나는 뤼이에게 몸을 기대고 자쿠로를 배 앞에 껴안고서 카운터 뒤의 바닥에 주저앉았다.

한동안 말없이 뤼이와 자쿠로의 온기를 느끼고 있었지만, 둘의 분위기가 조금 이상했다. 뭔가 찾듯이 돌아다니나 싶더니, 자쿠로는 내 오른손을 자꾸 핥기 시작했다.

"왜 그래? 무슨 일 있어?"

그렇게 말하며 자쿠로를 진정시키기 위해 쓰다듬으려다가 깨달았다.

자쿠로가 신경 쓰는 건 내 오른손이 아니라 [요정 빙의]의 반지였다.

"그래. 요즘 계속 함께 있었으니까. 그래, 장난꾸러기 요정은 분명히 여기에 있어."

뤼이와 자쿠로에게 보여주듯이 [요정 빙의]의 반지로 시선을 모으자, 자쿠로가 반지를 몇 번이나 만졌다. 때로는 내 손가락까지 함께 가볍게 깨물었지만, 시끄러운 장난꾸러기 요정과 달라서 고개를 갸웃거렸다.

"없으면 없는 대로 적적하네."

있으면 시끄러운 장난꾸러기 요정은 이 퀘스트 기간 중에 꽤나 이 [아트리엘]에 물들었다는 것을 깨달았다.

●

기간 한정인 요정 퀘스트의 끝이 다가오고, 속속 퀘스트의 정보가 모이는 가운데, 이미 클리어한 나는 [아트리엘]의 카운터 너머에서 찾아온 플레이어들에게 이야기를 들었다.

그리고 지금 이야기 상대는——.

"윤, 내 말 좀 들어줘~."

"무슨 일이야?"

울상을 하며 푸념을 말하러 온 세이 누나.

"기간이 절반이 지났어도 요정을 못 얻었고, 얻겠다 싶으면 퀘스트 도중에 사신이나 PK들이 공격해 와서 좀처럼 진행이 안 돼! 종국에는 제일 어려운 손토큰이 걸리고!"

"진짜 고생이네."

나는 그렇게 말하고 달달한 음료를 내놓아 진정시켰다.

자세히 이야기를 들어보니, 퀘스트 개시 직전에 여러 사람들에게 파티 권유를 받았지만 자력으로 찾을 수 있을 거라고 생각하고 사양하거나 다른 사람들을 우선했던 모양인데, 결국 얻을 수 없어서 미카즈치에게 도움을 받았다나 보다.

그 외에도 미카즈치가 있을 때 PK인 플레인네가 적극적으로 공격해 온다나.

또 요정 퀘스트과 함께 업데이트로 추가된, 랜덤으로 출현하여 플레이어를 공격하는 배회형 보스인 사신 그림리퍼와의 조우라든가 강화된 손토큰이 힘들다든가, 고생이 끊이지 않는다든가 했다.

"윤, 이야기 들어줘서 고마워. 덕분에 조금 진정됐어."

"그거 다행이네. 그래서 세이 누나는 지금 퀘스트가 어느 정도?"

"지금은 제일 마지막인 요정마을로 돌입하는 참. 윤이 그랬던 것처럼 옵션이 잔뜩 포함된 고난이도 코스가 될 것 같아."

"세이 누나라면 괜찮을 거야."

"혹시 퀘스트를 못 깨게 되거든 방해했던 PK들을 다시금 쓸어서 돈을 뜯어내어 [요정 빙의] 장비품을 사야지."

울상을 하며 무시무시한 소리를 하는 세이 누나. 일단 돈은 있으니까 PK의 현상금을 노리는 것보다는 그냥 사면 되겠지.

다만 지금 노점이나 옥션에서 팔리는 [요정 빙의]는 프리미엄이 붙어서 도저히 손대기 어려운 가격이다. 제일 싼 게 100만 G, 상한은 500만 G 안팎이라나.

"그럼 윤이 200만 G로 팔아주면 어때?"

"안 돼! 절대로 양보 못 해."

나는 내 오른손의 반지를 지키듯이 왼손으로 감쌌다.

"하지만 윤은 그런 회수 한정 레어 아이템을 안 쓰잖아."

"읏…… 그렇지만."

정곡을 찔려서 신음소리를 냈다. 그런 아이템을 쓰기 아까워하는 것이 게임이 서툰 이유 중 하나일지 모르겠다. 이때다 싶은 때에 쓰지 않아서 지는 때도 왕왕 있다.

"——엘릭서 증후군."

"우욱, 하지만 안 팔아. 소중한 거니까!"

장난꾸러기 요정과 나를 잇는 소중한 거니까 세이 누나한테도 못 준다.

"그렇게 실수했을 때를 생각하기보다는 퀘스트 클리어 후의 [요정 빙의]를 어떻게 쓸 건지 생각하는 편이 건설적이 잖아."

"그래. 윤을 너무 괴롭힌 걸지도."

세이 누나…… 새된 눈을 하자 미안하다며 사과해주었다.

"그래. 나는 세 번 다 강화소재를 받을까."

"그래. 사람에 따라서는 일시적인 공격 옵션 같은 소원도 가능하다니까 사용법은 제각기 다른가 봐."

현재 판명된 [요정 빙의]의 사용법으로는 아이템 입수, 금전 입수, 공격 보조, 스테이터스 보조, 내성 보조, 퀘스트 힌트, 경험치 취득 보너스 등의 효과를 가진 소원이 가능하다고 밝혀졌다. 어느 것도 있으면 편리하지만 없다고 해도 문제는 없다.

딱 잘라 말해서 이번 퀘스트의 보수로써는 수지가 안 맞는 것 같았다.

개인적으로는 요정과 보내는 시간 쪽이 가치가 있었다.

"그럼 윤, 나는 슬슬 갈게."

"세이 누나, 힘내. 자, 선물로 포션들."

이제부터 요정마을에 돌입하는 세이 누나에게 약을 몇 개 건네주다가 이것도 써보라는 마음으로 종이 한 장을 꺼냈다.

"세이 누나. 이것도 가져가."

"윤, 이건?"

"내가 파티에서 분단될 때 만든 미로 지도. 덫의 종류나 보물상자의 내용물 같은 자세한 데이터를 이것저것 적어놨어."

맵을 완전히 다 파악할 수는 없었고, 어쩌면 매번 미로 구조가 변할 가능성도 있다. 그래도 덫의 종류 등을 알면 경계할 수 있겠지.

"윤, 고마워. 유용하게 쓸게."

그리고 [아트리엘]을 나가서 미카즈치나 길드 [팔백만]의 멤버들과 퀘스트에 임하는 세이 누나.

후일담이지만, 건네준 지도는 덫의 해제 때에 아주 도움이 되었는지, 던전 탐색 계열 플레이어도 독자적으로 종이에 맵을 만드는 플레이어 스킬을 기르게 되었다는 모양이다.

"자, 우리도 산책 나갈까."

세이 누나가 왔기에 시원한 바닥에서 조용히 엎드려 있던 뤼이와 자쿠로가 일어서서 입구 쪽을 이동하더니 얼른 가자는 듯한 눈을 하였다.

"알았어. 오늘은 동쪽에서 적당히 약초나 광석을 채취하면서 제2마을 쪽까지 갈까."

그리고 기분 내키는 대로 예정을 정해서 뤼이와 자쿠로를 데리고 걸었다.

노점이나 행상들을 구경하면서 때로는 지인 플레이어와 가볍게 인사를 주고받으며 마을 밖까지 나갔다.

이미 플레이어들의 화제는 [요정 빙의] 액세서리의 사용법이 중심이었다.

"하아, 나는 정할 수가 없어."

나의 무거운 한숨에 반응하여 뤼이와 자쿠로도 후욱 무거운 한숨을 내뱉었다.

세이 누나가 엘릭서 증후군이라고 말한 것처럼 아깝기도 하고, 쓸 목적이 없기 때문에 나는 용도를 정하지 못했다.

"뭐, 서두를 것 없겠고, 긴급할 때를 위한 아이템이라고 생각하면 될까."

혼자 그렇게 중얼거렸지만, 그 선택에 납득했냐면 또 미묘했다.

"우유부단이겠지."

그렇게 말하면서 나는 지면에 난 약초를 주섬주섬 뜯어서 채취하였다.

느긋한 분위기와 푸른 하늘 밑을 별 생각 없이 걷다가, 어느 틈에 동쪽 숲에 도달해있었다.

"어, 여기까지 왔나. 그럼 이쯤에서 좀 쉴까."

동쪽 숲의 세이프티 에어리에서 들러서 인벤토리에서 따뜻한 차를 꺼내고 쓰러진 나무 위에 앉았다. 뤼이와 자쿠로에게는 올 때 노점에서 산 차가운 오이를 주자 와삭와삭 깨물어 먹었다. 그냥 식히기만 한 오이지만, 싱싱하고 맛있겠지. 두 마리 모두 금방 하나를 먹어치우고 하나 더 달라고 졸랐다.

"그래, 그래, 하나 더 말이지……. 음, 뭔가 온다."

나는 꺼낸 차가운 오이를 손에 들고 수풀 쪽에서 다가오는 기척을 기다렸다.

적대하는 느낌은 아니지만, 조그만 걸 보면 그레이래트인가 싶어서 경계했을 때 조그만 줄무늬가 뛰쳐나왔다.

"뿌우."

"새끼 멧돼지! 잘 지냈구나!"

빅보어의 새끼는 전에 만났을 때와 다름없이 씩씩한 모습으로 이쪽으로 달려왔다.

그 코는 내가 꺼낸 차가운 오이를 향하고 있어서, 그걸 내밀자 주저 없이 덤벼들었다.

"아하하, 왠지 내 주위에 오는 몹은 다들 먹보인 것 같아."

최근에는 남쪽 습지대에 출몰하는 불구슬 몬스터인 위스프도 나를 보고 약초를 받으러 다가왔다. 왠지 각지에 이런 우호적인 몹이 탄생한 모양이다.

"뿌우."

"뭐야, 벌써 다 먹었어?"

조금 털이 딱딱한 새끼 멧돼지를 쓰다듬자, 뭔가를 찾듯이 시선을 이리저리 돌렸다.

"……역시 너도 장난꾸러기 요정을 찾는 건가."

뤼이나 자쿠로처럼 내 어깨와 머리 위를 날아다니는 장난꾸러기 요정을 찾는 새끼 멧돼지.

그리고 냄새를 감지했는지, 쓰다듬고 있는 내 오른손에 코를 가져다 대고 고개를 갸웃거렸다.

"지금 장난꾸러기 요정은 없어. 미안해"

내 말에 납득했는지 모르지만, 새끼 멧돼지는 근처의 수풀로 달려가서 고개를 들이박고 뭔가를 캐냈다.

그 모습을 가만히 바라보고 있자니, 새끼 멧돼지가 뭔가를 입에 물고 돌아왔다.

"이건…… 화석인가. 응, 고마워. 받을게."

새끼 멧돼지는 미감정 상태의 화석을 주고 만족하여 숲속으로 돌아갔다.

다음부터 올 때마다 비슷한 일이 있을 것 같다 싶어서 쓴웃음을 짓고, 차를 다 마신 뒤에 일어섰다.

"뤼이, 자쿠로, 휴식은 끝이야. 계속 가자!"

새끼 멧돼지와 재회했고 즐거운 기분이 되었지만, 동시에 뭔가 부족하다고 느끼면서 산책을 재개했다.

"얼른 [요정 빙의]의 용도를 결정해야 하려나."

나는 그렇게 투덜거리면서 그런 기회는 멀었다고 생각했지만, 의외로 그것은 빨리 찾아왔다.

●

정처 없는 산책으로 여기저기 내키는 대로 걷는 동안에 그것은 갑자기 찾아왔다.

보라색 짙은 안개가 끼고 시야가 갑자기 안 좋아졌다.

그리고 숲 안쪽에서 솟구치듯이 깔리는 냉기에 몸을 떨었다.

갑작스러운 공간의 변화에 놀라는 동시에 주위에서 일체의 소리가 사라졌다.

새 울음소리도, 지면을 스치는 발소리도 느껴지지 않았다.

[하늘의 눈]과 [간파]를 조합한 탐색으로도 주위에서 그 어떤 존재도 확인할 수 없었다.

"이건 뭐지? 죄다 사라졌어."

사라진 듯한…… 아니, 반대다. 내가 아무것도 없는 공간에 빨려들었다.

함께 걷던 뤼이와 자쿠로는 내게 몸을 바싹 붙였다. 뤼이는 갈기를 곤두세우고 최대한으로 경계하였고, 반대로 자쿠로는 꼬리를 부풀리며 겁에 질렸다.

"뮈이랑 자쿠로를 위험하게 할 순 없지. 돌아가──〈송환〉."

〈송환〉 스킬을 써서 소환석으로 되돌렸다.

나는 보라색 안개가 낀 공간에서 혼자 주위를 둘러보았다.

"……뭔가가 있군."

[간파] 센스가 어느 한 점에서 뭔가가 다가오는 것을 느껴서 그쪽으로 향했다.

"이건 적인가?"

나타난 존재는 페스트 마스크에 챙 넓은 모자를 눌러쓰고 까마귀 날개가 달린 칠흑의 망토를 입고 있었다.

머리 위에 떠 있는 이름에는 [사신 그림리퍼]라고 표시되었다.

"이게 업데이트로 추가된 배회형 보스인가."

솔로로 싸울 생각은 털끝만치도 없어서 도망치는 전제로 대치하였다.

[까아아악]

까마귀 울음소리와 비슷한 소리를 내는 그림리퍼는 순식간에 거리를 좁히고 들었다.

"?!"

아무렇게나 휘두르는 팔을 보지도 않고 나는 뛰듯이 몸을 던졌다.

"위험하잖아. 공격 속도가 빨라."

그림리퍼의 무기는 사신답게 낫이었다.

오른손에는 망토 자락에서 수십 개의 사슬이 주르륵 이어진 사슬낫. 왼손에는 지면에 반쯤 파묻힌, 사람 키만 한 낫. 그것을 한 손으로 아무렇게나 휘둘렀다.

그리고 등에는 착착 접힌 거대한 낫을 매고 이쪽을 바라보았다.

배후에서의 첫 일격은 왼손에 든 낫의 공격이었다. [하늘의 눈]으로 본 다음이면 늦지만…….

"……그렇게 무섭진 않아."

존재 자체가 이질적일 뿐이지 대형 몹 같은 압박감은 없었다. 어느 쪽이냐면 존재감이 흐릿한 느낌이었다.

그렇게 생각한 순간——.

"?!"

다시금 순식간에 거리를 좁히고 낫을 한 손으로 아무렇게나 휘두르는 그림리퍼. 이번에는 상체를 뒤로 젖혀서 피했지만, 머리카락이 몇 올 베여서 하늘을 날았다.

"무, 무셔어어어어."

이 녀석, 역시 무서워!

존재감이 흐리다는 소리는 움직임의 시작을 읽기 어렵다. 어느 틈에 눈앞에 있다.

직선적인 순발력이 그 흐린 기척과 어우러져서 갑자기 눈앞에 나타나는 것처럼 느껴진다.

그런 그림리퍼에게서 도망치기 위해서 전력을 다했다.

"〈인챈트〉――디펜스, 스피드!"

방어와 속도의 이중 인챈트를 걸고 그림리퍼에게 등을 돌려 달렸다.

보라색 안개로 뒤덮인 숲에서 출구도 모른 채 그저 도망쳤다.

그림리퍼에게 붙잡히면 진다. 그럼 덮어놓고 도망쳐야만 한다.

"저건――."

순간 뒤를 돌아보니 그림리퍼는 느릿느릿한 움직임으로 내 쪽으로 방향을 바꾸고 있었다. 내가 대치한 위치에서 한 발짝도 움직이지 않았다. 이거라면 혹시 도망칠 수 있을지도. 그런 희망을 찾았다가 순식간에 깨졌다.

"――거짓말이지?"

내게 접근하는 순발력은 엄청났다. 하지만 그 이외의 이동능력은 낮다고 예상했다. 그림리퍼의 직선적인 이동에 대해 지그재그로 달리면 도망칠 수 있다고 생각했는데, 짧은 생각이었다.

"저 사슬낫은 그런 용도인가!"

오른쪽 소매에서 늘어뜨린 사슬낫을 휘둘러서 사슬끼리 부딪치는 소리를 내면서 숲에 난 나무에 꽂았다. 그리고 사슬을 감듯이 옷 안쪽으로 잡아당겨서 단숨에 거리를 좁혔다.

[까까아악]

"?! 제길――〈봄〉!"

나무에 꽂은 사슬낫으로 몸을 지탱하고 나무줄기에 수직으로 선 그림리퍼에게 최하급 마법을 썼다. 대미지를 줄 수 없다는 건 알지만 눈가림은 되겠지.

거의 의미 없는 행동이라는 걸 알지만, 그래도 쫓기는 공포심을 지우기 위해서 일부러 쏘고 계속 달렸다.

봄으로 일어난 흙먼지가 걷힌 곳에는 고개를 갸웃거리며 아무 일도 없었다는 듯이 서 있는 그림리퍼가 있었다.

이대로는 따라잡힌다고 생각하고 더욱 속도를 올려서 달렸다.

그림리퍼는 사슬을 이용하여 단숨에 거리를 좁히고, 그때마다 낫을 휘둘렀다. 그 필살의 공격을 간신히 피하면서 이 짙은 안개의 숲에서 출구를 찾았다.

때때로 초조한 마음에 무의미한 〈봄〉이나 〈클레이 실드〉로 발을 묶어보려 했지만, 그림리퍼는 그 모든 것을 정면에서 받아내든가 낫으로 베어버렸다.

"헉, 헉, 헉——."

오랫동안 달리다가 도중에 그림리퍼의 모습을 놓쳤다.

"녀석은 어디에……."

한 그루 나무에 기대듯이 등을 맡기고 주위를 확인했다.

가쁜 숨을 진정시키기 위해 크게 심호흡을 거듭하니 서서히 진정되었다.

주위의 안개는 아직 짙게 남았지만, 한 가득 희망적 관측이 떠올랐다.

"설마…… 따돌린——?!"

따돌렸다. 그 예측을 일찌감치 배신당했다.

지면에서 솟아오른 사슬낫이 나와 나무에 휘감겼다.

"이런?! 붙잡혔다!"

몇 겹이나 사슬이 감기고 나무줄기에 낫이 깊이 꽂혀서 내 몸을 휘감았다.

순간 마음이 느슨해진 탓에 피하는 게 늦어서 붙잡혔다.

몸을 비틀며 사슬에서 도망치려고 했지만, 완전히 휘감긴 사슬은 금속 스치는 소리를 낼 뿐이지 도망칠 수 없었다.

뭔가 없을까 시선을 돌리다가 지면에서 뻗은 사슬 끝을 눈으로 좇았다.

버석, 버석…….

숲의 낙엽을 밟는 느릿한 발소리가 들리고, 조금씩 보라색 안개에 검은 그림리퍼의 실루엣이 비쳤다.

"빠져, 빠져, 빠져!"

억지로 잡아뽑으려고 힘을 주고 몸을 비틀어서 틈을 만들려고 했지만, 빠지지 않았다. 그동안에도 사신은 사실을 따라서 조금씩 이쪽으로 다가왔다.

무슨 방법을——내가 가진 아이템을 필사적으로 떠올리며 이 자리를 벗어날 방법을 생각했다.

그동안에도 〈클레이 실드〉나 〈매드풀〉 등의 시간 끌기용 지 속성 마법을 사용했지만, 흙벽은 썰어버리고 진흙탕은 태연히 그 위를 걸어서 통과하는 꼴이었다.

"어쩐다, 어쩐다, 어쩐다, 어——."

사슬에 붙들린 팔을 보고 한 가지 방법을 떠올렸다.

여기서 [요정 빙의의 반지]의 효과를 생각하면 혹시 그림 리퍼에게 이기진 못하더라도 쫓아내거나 도망칠 수 있을지도 모른다. 그 생각을 실행하기 전에 머리 위에서 비친 검은 그림자를 올려다보니 머리가 굳어버렸다.

내 눈앞에 선 사신은 새를 본뜬 마스크 너머로 이쪽을 내려다보았다.

"이런——."

아무렇게나 휘두른 낫이 내 몸의 어깨부터 비스듬히 뚫고 지나갔다. 마음의 준비도 안 된 채로 공격을 받아서 가득 찼던 HP가 순식간에 사라졌다.

암전되는 시야 속에서 평소와 다른 메시지가 표시되었다.

※특정 몹에게 쓰러졌을 경우, 통상과는 다른 데스 페널티가 발생합니다.
몹 [그림리퍼]의 페널티는 스테이터스 저하 기간 연장 [72시간]

아무래도 이 페널티는 좀 심하다. 평소의 데스 페널티가 한 시간인 것에 비해 사흘인 건 다소 부조리하게 보였다.

갑자기 나타난 적에게 당해서 사흘이나 스테이터스 저하의 데스 페널티를 받는 건 피하고 싶다.

나는 망설이지 않고 소생약의 사용에 대해 [YES]를 선택했다.

이런 악몽 같은 상황은 눈을 뜨면 사라진다. 그렇게 빌며 부활한 곳에는 사슬낫을 회수하고 등을 돌리는 그림리퍼가 보였다.

"안 끝났나. 그럼 도망칠 수밖에 없지."

내 부활에 마스크를 갸웃거리는 애교 있는 동작을 하는 사신. 하지만 마음에는 '뭐, 됐어. 또 베면 되지'라고 말하듯이 다시금 그 낫으로 내 몸을 베러 오겠지.

나는 필사적으로 도망치고, 달리고, 하이포션을 마셔댔다.

"헉, 헉……. 진짜 운이 없어."

만나면 끝장, 죽어서 마을로 돌아올 각오의 몹과 만난 것을 불운하게 생각하면서도 필사적으로 도망쳤다.

한 차례 사망상태에서 부활했기에 내게 걸린 인챈트가 모두 해제되었기 때문에 다시금 인챈트를 걸면서 달렸다.

또 사슬낫을 사용한 고속 이동으로 쫓아오는 그림리퍼. 하지만 이번에는 시야에서 놓치지 않았다.

전력회피를 위해 활도 식칼도 쓰지 않고, 상대의 공격 일거수일투족을 주시하면서 계속 도망쳤다.

그래도 상대 쪽이 빨라서 [하늘의 눈]으로 공격 순간에 사고시간을 연장해도 회피할 수 없는 공격을 받았다. 그때마다 사망과 부활을 반복하고 또 도망쳤다.

이동하고 계속 도망치는 것으로 차츰 숲을 뒤덮은 보라색 안개가 희미해지는 것을 느끼고, 이대로 가면 따돌릴지도 모른다고 생각했다.

"——빛이다."

숲의 끝, 안개가 엷어지는 장소가 보였다. 저기만 빠져나가면 이 필사의 술래잡기도 끝난다. 그렇게 생각했다. 한순간의 빈틈이 다시금 죽음으로 직결되었다.

"또, 인가——."

휘두르는 낫이 보이고 내 몸이 또다시 쓰러졌다.

시야에 떠오른 메뉴에서 망설이지 않고 [YES]를 택했다. 이걸로 소생약은 다 떨어졌다.

"도박에 걸어보자!——[봄]!"

대량으로 뿌린 봄 매직 젬을 발동시키고 나는 단숨에 숲의 출구로 달려갔다. 마법으로 눈을 가리고 발을 묶은 틈에 도망치면 내 승리다.

그렇게 생각하고 내디딘 한 걸음이 지면에 풀썩 쓰러졌다.

"제길, 뭐야, 이건……."

그리고 일어서려다가 깨달았다. 다리에 얽힌 사슬낫. 그 끝에는 다중 폭격을 받아도 멀쩡한 사신이 있었다.

팔을 당기자 사슬이 휘감겨서 나를 또 지면에 쓰러뜨렸다.

"으윽, 여기까지 왔는데……."

귀중한 소생약을 대량으로 쓰고 도망쳤는데 결국 따돌리지 못하다니…… 출구를 향해 오른손을 뻗고 조금이라도 다가가려고 기어보았지만, 사슬이 끌어당기는 힘에 질질 지면에 미끄러졌다.

오른손에 낀 [요정 빙의]의 반지를 쓰자. 그 생각에 또다시 찬물이 쏟아졌다.

무릎을 꿇은 나의 목 밑에 그림리퍼의 낫이 와 닿았다. 둔하게 빛나는 낫은 그것만으로도 공포를 느끼게 했다.

그야말로 처형을 기다리는 죄인의 기분이었다.

이렇게 계속 구속당하는 슬픔과 혼자라는 외로움이 가슴속에서 솟았다.

그리고 시야에 비친 [요정 빙의]의 반지에 슬픔과 외로움이 이어져서 뜻하지 않은 생각이 일었다.

──반지 안은 쓸쓸할까.

그 의문에 사신에 대한 공포는 완전히 사라졌다.

덮쳐든 낫에 아무런 공포도 느끼지 않고, 그저 있는 그대로를 받아들이는 마음이었다. 마지막으로 안타까웠던 것은 전혀 상대도 안 되었다는 정도겠지.

그리고 낫이 내 목을 베면서, 내 의식은 완전히 어둠 속에 떨어졌다.

종장   해방과 벌꿀

눈을 뜬 것은 [아트리엘] 공방의 차가운 바닥 위였다.

참패였다. 사신 그림리퍼는 외경의 마음마저 느껴지는 보스 몹이었다.

"아하하하, 완전히 졌어."

애초부터 싸울 것도 없이 패배는 알고 있었다. 하지만 어딘가 도망칠 수 있을 거란 생각도 했는데 완전히 패했다.

"못 당하겠어. 조금도 대미지를 못 줬어."

아무런 수도 못 썼다. 그러면서도 답답함이 없는 존재감. 그야말로 플레이어를 사냥할 뿐인 몬스터는 그것만으로도 기묘하고 무서우면서도 강하고 대단하게 느껴지는 존재였다.

그리고 나는 그림리퍼와의 싸움 속에서 한 가지 답을 찾아냈다.

"자, 장난꾸러기 요정, 나와!"

나는 내 손가락에 낀 반지에 대고 말했다.

세 번의 요정 소환이 가능한 [요정 빙의]의 반지. 그 처음이자 마지막 소원은 정해졌다.

"부름에 튀어나왔——어, 우왓?! 너 왜 그렇게 엉망이야?!"

"시끄러워, 오래간만에 만났는데."

"어! 어?! 괜찮아? 왜 이런 상태로 날 불렀어?!"

불려나온 장난꾸러기 요정은 상황이 이해 안 되어서 안절부절못했다. 그러니까 나는 요정을 향해 내 마음을 전했다.

"자, 진정해. 이건 조금 전에 누구랑 싸워서 진 거야."

"뭐?! 그 녀석을 날려버리면 돼?!"

"아냐. 자, 들어봐."

NPC 상대로 이런 말을 진지하게 하다니 나도 참 이상하다고 생각하면서 그림리퍼가 깨닫게 해준 마음을 말했다.

"나는 말이지. 너를 어떻게 다룰지 고민했어. 자유롭고 장난을 좋아하고 나를 곤란하게 하지. 게다가 과자 부스러기를 주위에 어지럽혀."

"음, 왠지 아주 심한 말을 듣는 것 같은데."

"하지만 너와 행동하는 건 그리 나쁘지 않았어. 그리고 퀘스트가 끝나고 내 반지에 네가 들어가서 세 가지 소원을 들어준다고 했을 때, 아무런 소원도 없었어."

"............."

장난꾸러기 요정은 곤혹스러운 표정으로 조용히 들었다. 평소라면 농담 한마디라도 했을 텐데 착한 아이다.

"여러 플레이어에게 요정을 불러서 무슨 소원을 빌었는지를 들었어. 나는 그중 어느 것도 별로 와 닿지 않았어. 불러내는 것 이외에 응해주지 않는다니 조금 쓸쓸하고 슬프다고 생각했어."

나는 일단 말을 끊었다. 요정에게 내 소원을 전하기 위해.

"그래서 아까 깨달았어. 나는 너와 친구로 있고 싶어. 그러니까──[해방]할게."

그 한마디에 [요정 빙의]의 반지가 소원을 접수하여 장난꾸러기 요정과의 연결이 사라졌다.

그 소원에 큰 눈을 몇 번이나 깜짝이는 장난꾸러기 요정.

"해방, 해방, 나는 자유다아아아!"

"우왓, 잠깐!"

갑자기 날뛰는 바람이 [아트리엘]의 공방에 일고, 창문이 활짝 열렸다. 공방을 날아다니면서 바람을 일으키는 장난꾸러기 요정은 즐겁게 웃음소리를 울렸다.

"나는 자유를 사랑하는 바람의 장난꾸러기 요정이야! 누군가의 명령을 받는 [요정 빙의]는 성미에 안 맞았으니까! 최고로 신난다아아아아!"

"그래, 잘됐네!"

"응, 응. 그래서 윤이랑 나는 대등한 입장이야!"

"응, 그래."

"그러니까 나는 자유로워졌으니까. 그럼 또!"

그렇게 말하며 창밖으로 날아가버렸다.

어?! 여기선 조금 더 친목을 다지거나 대화할 장면 아닌가? 갑자기 어딘가로 가버리는 바람에 바람이 잦아드니 아무도 없었다.

"……풋. 나 참, 저 녀석은 정말 끝까지 자유롭다니까."

이걸로 두 번 다시 못 만나게 되더라도 왠지 후련한 기분이었다.

"으음, 뭐, 고민스럽던 [요정 빙의]의 반지가 없어진 만큼 잘된 걸로 칠까."

그렇게 말하고 나는 내 손가락에 있는 반지를 하늘로 쳐들고 다시금 바라보았다.

그리고 깨달았다. 반지가 또 변한 것을.

페어리 링 [장비품] (중량:1)

DEF +5 MIND +5   추가효과 : 요정의 축복

거친 철 반지가 [요정 빙의]의 반지로 변했다가, 장난꾸러기 요정이 축복을 남겨서 유니크 액세서리로 변해 있었다.

[축복]의 효과는 스테이터스의 소량 상승이나 성공판정이 있는 스킬의 성공률의 소량 상승. 레어 드랍률의 소량 상승 등. 있으면 편리한 자잘한 효과가 하나로 집약되었다.

자연스럽게 웃음이 새어 나왔다. 이거면 충분하지.

그리고 엉망이 된 몸이나 장비를 확인하니, 시간 경과에 따라 더러움은 사라지고 방어구의 대미지도 MP를 흡수해서 회복되었다.

남들 앞에 나가도 이상하지 않겠다 싶을 즈음에 [아트리엘]의 점포에서 목소리가 들려왔다.

"안녕하세요~, 윤 씨, 있습니까?"

"어, 기다려."

늘어진 목소리의 주인은 레티아였다. 내가 점포로 나가자 레티아가 혼자 기다리고 있었다.

아니, 한 명과 한 마리라고 해야 할까. 그 머리 위에 레티아와 마찬가지 표정으로 멍하니 고개를 갸웃거리고 있었다.

"윤 씨, 안녕하세요."

"어어, 그런데 그 머리 위의 요정은?"

"예, 요정 퀘스트 종료 후에 사역 몹으로 교섭해서 동료로 만들었지요. 바람 요정인 야요이입니다."

말없이 그저 잘 부탁한다는 듯이 손을 드는 바람 요정. 다만 평소라면 순순히 축복했겠지만, 그때의 나는 표정이 굳어 있었을지도 모르겠다.

"어라? 윤 씨, 왜 그러나요?"

"어, 아니, 레티아. 사실은——."

방금 전에 장난꾸러기 요정을 해방했더니 그대로 가버렸다는 이야기를 하였다.

그런데 이렇게 명확한 차이를 보게 되니 뭐랄까, 친밀도 같은 숨겨진 패러미터라도 덜 올린 것 같았다. 뭐, 처음부터 그리 좋은 관계가 아니었던 것 같다. 점액투성이가 되거나 반대로 통조림으로 만들겠다고 윽박질렀다.

"괜찮지 않나요?"

"그래?"

"아뇨, [그럼 또]라는 말은 또 만나자는 의미 아닌가요?"

그 말이 마음에 비집고 들어왔다.

자유롭게 날아갔으면 자유롭게 돌아오는 일도 있겠지. 꼭 우물거릴 필요는 없었을지 모른다.

"레티아, 고마워. 뭐 먹을래?"

"지금은 도넛 기분입니다."

"나더러 처음부터 다 만들라는 말씀입니까."

날카롭게 노려보니 '윤 씨라면 할 수 있습니다'라는 기대에 찬 시선을 머리 위의 요정과 함께 보내왔다.

나는 한숨을 내쉬면서 도넛을 만들 준비를 시작했다. 그렇긴 해도 구멍 뚫린 원형의 도넛이 아니라 팬케이크 믹스로 만든 탁구공 정도 크기의 반죽을 기름에 튀긴 동그란 도넛이다.

거기에 설탕을 뿌리면 완성되는 간단한 것을 커다란 접시에 가득 차리자, 침을 흘리면서 먹기 시작하는 레티아와 요정.

잠시 동안은 장난꾸러기 요정이 언제 돌아와도 좋도록 과자를 넉넉하게 준비해야겠다고 중얼거렸다.

●

그 뒤로 레티아가 요정을 사역 몹으로 만든 이야기가 퍼지면서 OSO 안에서는 요정 퀘스트 종료 후의 [요정 빙의] 액세서리의 용도에 대해 수많은 의논이 오가는 가운데 내 지인들은 [해방]의 선택지를 택한 플레이어가 많았다.

"아이템이나 일시적인 전력보다도 그 존재 자체에 가치가 있으니까. 세 번의 소환을 다 쓰면 사라진다. 그럴 거면 처음부터 해방하는 게 낫지."

그렇게 말하며 차를 마시는 에밀리.

나는 에밀리와 카운터 너머에서 이야기를 나누었다.

기간 한정인 요정 퀘스트가 끝나고 이렇게 다시금 느긋한 게임의 일상이 돌아왔다.

지인 중 해방한 케이스로는 클로드가 요정을 좋을 대로 옷 갈아입히기 인형으로 삼았고, 마기 씨가 대장장이용 화로에 축복을 받아서 화력을 올렸고, 리리는 광대한 개인 필드의 관리를 죄다 맡겼다.

"뭐, 그렇지만. 클로드나 마기 씨는 아무것도 안 해도 그냥 즐거웠으니까 마스코트란 역할도 있을지도."

하지만 레티아의 경우처럼 사역 몹으로 힘을 빌려주는 요정은 적다.

"뭐, 내 경우는 호감도가 낮았던 걸지도."

"나는 그렇지 않다고 생각하는데. 충분히 즐거워 보였어."

그렇게 말하며 위로해주는 에밀리와 그녀가 해방한 물의 요정.

"그래서 에밀리의 요정은 왜 해방했어?"

"아니, 실내의 식물 관리가 귀찮으니까 이 아이를 해방해서 맡겼어."

그것 또 사치스러운 용도다 싶어서 쓴웃음을 지었지만,

나의 장난꾸러기 요정은 훌쩍 날아갔기 때문에 다소 부럽게 생각했다.

"뭐, 조만간 훌쩍 나타──"야호, 달콤한 냄새를 따라왔어!"──봐, 왔지."

정말 타이밍이 좋다 싶어서 바라본 곳에는 급강하하는 장난꾸러기 요정이 있었다.

"오래간만, 건강했어?!"

"그건 내가 할 말이야. 자유로운 장난꾸러기 요정."

재회의 감동은 없었다. 아마 일일이 놀라선 끝이 없다.

"에헤헤, 난 요정마을에 돌아가서 이것저것 많이 가져왔으니까! 감사하라고!"

그렇게 말하며 장난꾸러기 요정이 내민 것은 작은 항아리였다.

안에는 호박색의 끈적한 액체가 있었다.

"요정마을을 재건하고 제일 먼저 나온 단 음식이야! 윤이 만든 인간의 단맛과 요정의 단맛. 최강의 맛과 최강의 단맛이 합쳐지면 완전 무적이야!"

그렇게 내미는 작은 항아리 안에는 [요정마을의 허니 크라운]이라는 이름의 벌꿀이 있었다.

식탐이 끝이 없구나. 그리고 작은 항아리를 응시하는 물의 요정.

"알았어. 그럼 다들 먹을 수 있을 만한 팬케이크라도 구울 테니까 거기에 벌꿀을 끼얹어보자."

"그냥 벌꿀이 아냐! 벌꿀의 왕! 허니 크라운! 엄청 맛있으니까!"

온몸으로 표현하는 장난꾸러기 요정을 향해 적당히 맞장구를 치면서 프라이팬과 소형 풍로에 어제 썼던 팬케이크 믹스를 꺼냈다.

"팬케이크라, 요즘 못 먹었네."

"심플하게 벌꿀을 맛볼 거면 이거다 싶었으니까."

그렇게 말하고 가볍게 구워낸 팬케이크를 착착 쌓았다.

완성된 세 장의 팬케이크 위에 [요정마을의 허니 크라운]을 듬뿍 끼얹었다.

지금 당장이라도 팬케이크에 머리부터 뛰어들려는 요정들이나 뤼이나 자쿠로를 말리며 머릿수만큼 나누었다.

균등하게 벌꿀과 녹은 버터를 끼얹은 팬케이크 접시를 테이블에 놓은 순간, 각각의 요정이 덤벼들기 시작했다.

"맛~있~다~!"

"과장도 참."

과장스러운 리액션을 하는 장난꾸러기 요정에게 쓴웃음을 짓는 나와 에밀리.

차례로 구운 팬케이크를 나이프와 포크로 작게 잘라서 담은 접시를 뤼이와 자쿠로에게 건네주었다.

그렇게 쌓인 접시가 하나, 둘, 셋, 어라? 하나 많은데?

"아니, 한 마리 많잖아?"

왠지 북실북실한 털뭉치가 한 마리 많았다. 다소 보라색

이 도는 작은 늑대가 자쿠로의 옆에서 팬케이크를 덥썩덥썩 먹고 있었다.

"으음? 그 애 전부터 있었잖아."

"아니, 난 모르거든!"

내 의문에 벌꿀로 범벅이 된 손을 핥으면서 대답하는 장난꾸러기 요정.

"저기서 나무를 지켜보는 애야."

"어, 도등화 나무라면 가름 팬텀?"

순간 경계하는 나와 에밀리.

나는 주걱을, 에밀리는 포크와 나이프를 들었지만, 추욱 늘어진 귀에 이쪽을 바라보는 모습이 힘이 쭉 빠졌다.

10미터급의 보스가 이렇게 조그만 사이즈의 강아지가 되다니. 그렇게 생각했더니 짧게 짖고서 안개처럼 사라졌다.

"저 녀석, 대체 뭐지?"

팬케이크가 깨끗하게 사라진 접시를 보고 중얼거리는 나를 향해 에밀리의 물의 요정이 대답해주었다.

"그 애, 나무가 잘 자라나 지켜볼 뿐이야. 게다가 다른 곳에도 나무가 있는 모양이니까 그쪽도 보러 다녀. 에밀리네에도 곧잘 와."

"아, 요즘 느낀 시선이나 기척은 그 애구나."

납득한 듯한 미묘한 표정을 하는 에밀리는 창문으로 도등화 나무를 바라보았다. 나무의 정령이라고 할 수도 있겠지만, 더 정확하게는 수호령 같은 존재다.

"뭔가 효과라도 있을까?"

"아니, 그냥 지켜볼 뿐이지 아무것도 안 해. 가끔씩 나타나서 지켜볼 뿐."

"왠지 우리 가게가 점점 인외마경이 되는 것 같은데……."

환수 뤼이와 자쿠로가 있고 합성 몹인 삼색 젤들이 일하고, 장난꾸러기 요정이 이따금 훌쩍 들르고, 거기에 명부의 늑대까지 나타나기 시작했다.

"뭐, 딱히 해가 없다면 괜찮지 않아?"

에밀리의 말에 문제없으면 되나 싶어서 생각하길 포기했다.

영향이 있더라도 [아트리엘]에 오는 배곯은 이가 조금 늘었을 뿐이겠지.

그리고 그 뒤에 해방된 요정들은 특정 플레이어를 따라다니거나 놀러 가거나 하는 광경이 마을 안의 곳곳에서 보이게 되었다.

그리고 [아트리엘]은 요정이 자주 보이는 가게 중 하나로 이름이 알려지게 되었다.

──스테이터스──

NAME : 윤

무기 : 검은 소녀의 장궁

부무기 : 마기 씨의 식칼

방어구 : CS No.6 오커 크리에이터

액세서리 장비 한계 용량 2/10

– 페어리 링 (1)

– 대신하는 보옥의 반지 (1)

소지 SP 29

[활 Lv41] [장궁 Lv15] [하늘의 눈 Lv10] [속도 상승 Lv31]

[간파 Lv18] [마법재능 Lv47] [마력 Lv50] [부가술 Lv28]

[조약 Lv31] [요리 Lv27]

대기

[연금 Lv33] [합성 Lv34] [생산의 소양 Lv35] [조교 Lv10]

[조금 Lv3] [지 속성 재능 Lv20] [수영 Lv13] [언어학 Lv20]

기간 한정 요정 퀘스트 보수

– 페어리 링

– 요정 배달 (바람의 장난꾸러기 요정이 정기적으로 [아트리엘]

에 요정 관련 아이템을 가지고 찾아오게 되었습니다)

작가 후기

처음이신 분, 오래간만이신 분, 안녕하세요, 아로하자초
입니다.

이 책을 손에 들어주신 분, 담당 편집자 A씨, 작품에 멋진
일러스트를 준비해주신 유키상 님, 월간 드래곤 에이지에
연재 중인 코미컬라이즈판의 하니쿠라운 님, 또한 인터넷
에서 제 작품을 봐주신 분들께 다대한 감사를 드립니다.
　현재 드래곤 매거진에서는 주인공의 여동생 뮤우가 주역
인 OSO의 스핀오프 작품 [백은의 여신]이 연재 중이니 이
쪽도 잘 부탁드립니다.

이번에는 Web판에서는 없는 거의 새롭게 쓴 에피소드
가 되었습니다. 즐겁게 보셨습니까? 그렇다면 다행이겠습
니다.
　6권에 대해서는 Web판에서는 발표할 기회가 없어서 고
이 보관해두었던 요정 소재를 이런 형태로 세상에 보내드릴
수 있어서 다행이라고 생각합니다.

이번 후기의 소재는 이 작품에서 모티프가 된 것에 대한
이야기입니다.

악어머리의 보스라는 건 조금 마이너입니다.

특촬 영화 [고질라 시리즈]에 등장하는 괴수 비올란테를 모티프로 하였습니다.

제게 비올란테는 어렸을 적에 연관 있는 괴수였습니다.

유소년기의 저와 형에게 일어난 사건입니다. 특촬 괴수 뽑기를 형제가 한 번씩 돌리게 되었는데, 물론 아이들은 정의의 괴수 고질라가 걸리기를 빌며 눈을 빛내며 뽑기를 돌렸습니다. 하지만 형제가 뽑은 캡슐 안에는 나란히 기분 나쁜 물체가 들어 있었습니다.

캡슐 안에서 나온 것은 정체 모를 머리만 있는 괴수이며, 하반신은 바위처럼 울퉁불퉁한 외모에 가는 촉수 같은 팔다리가 네 개——괴수 비올란테가 둘. 예, 겹쳤습니다.

당시에는 비올란테의 배경 스토리도 [고질라 VS 비올란테]도 보지 않은 아이들에게는 기분 나쁜 물체를 손에 넣었다는 것과 그게 두 개나 눈앞에 있다는 현실에 형제는 이중의 절망을 받았습니다.

현재는 게임이나 만화의 설정 오타쿠로서 배경 스토리도 들으면 좋아하게 되는 병도 발병한 결과 비올란테도 나쁘지 않은 디자인이구나, 라면서 진정할 수 있었습니다.

또 하나. 플롯 단계에서는 사신 디자인은 흔해빠진 해골과 로브, 낫으로 될 예정이었습니다. 그걸 비튼 것이 다시금 등장한 형입니다.

"한가한데 뭐 재미있는 거 없어? 소설 소재가 될 만한 거."

[있지. 니코니코 동영상의 노래해보았다 중에 '랏트가 죽었다'를 보는 건 어때?]

"응. 볼게."

그 결과, 이게 뭔지 알 수 없었다.

"미안. 그게 뭘 전하고 싶은 건지 모르겠고, 일단 한 번은 참았어. 유일하게 좋았던 것은 프로모션 영상일까. 그 마스크, 멋지더라."

[그 노래는 페스트병이 유행할 때에 제일 먼저 쥐가 죽었다라는 거라나 봐. 또 그건 페스트 마스크야.]

"헤에, 그렇구나."

[새를 모티프로 한 마스크로 그 끝에 향기가 강한 것이나 부적 같은 것을 넣어서 병에 대처했다고 해.]

"잠깐 기다려봐, 마이 브라더."

[뭐야, 좋은 소재가 됐지? 마이 브라더.]

"페스트 마스크가 역병과 관련이 있다면 사신 디자인에도 써먹을 수 있겠네. 게다가 새를 모티프로 했다면 망토에 새 깃털 같은 것도 붙이고."

[뭐야, 그거, 무서어어! 그럴 거면 낫 중에도 새의 부리를 모티프로 한 낫이 있을 거야.]

"그 소재 좋다! 좋다, 디자인이 나왔어."

[그거 다행이네. 갑자기 나타나면 쫄아버릴 레벨이야.]

이렇게 사신의 디자인이 굳어졌다는 실화. 가끔은 형과의 대화로 여러 재미있는 것을 발견하거나 정보 공유를 하고 있습니다. 최근에는 '생일에 MTG를 통째로 샀다가 폭사했다'라고 웃었습니다.

앞으로도 저, 아로하자초를 잘 부탁드립니다.
마지막으로 이 책을 손에 들어주신 독자 여러분에게 거듭 감사를 드립니다.
또 여러분과 만날 날을 기대하고 있겠습니다.

2015년 7월 아로하자초

Only Sense Online Vol.6
©Aloha Zachou, Yukisan 2015
First published in Japan in 2015 by KADOKAWA CORPORATION, Tokyo.
Korean translation rights arranged with KADOKAWA CORPORATION, Tokyo.
Korean translation rights ©2016 by Somy Media, Inc.

온리 센스 온라인 6

2016년 8월 1일 1판 1쇄 발행
2017년 2월 15일 1판 2쇄 발행

저 자	아로하자초
일 러 스 트	유키상
옮 긴 이	한신남
발 행 인	유재옥
본 부 장	조병권
담당편집자	김민지
편 집	김민지 김진아 정영길 박찬솔 권오범
라이츠담당	오유진
디 지 털	홍승범
발 행 처	㈜소미미디어
등 록	제2015-000008호
주 소	서울시 마포구 토정로222, 403호(신수동, 한국출판콘텐츠센터)
판 매	㈜소미미디어
마 케 팅	박지혜
전 화	편집부 (070)4164-3962, 3963 기획실 (02)567-3388
	판매 및 마케팅 (070)4165-6888, Fax (02)322-7665

ISBN 979-11-5710-424-6 04830
ISBN 979-11-5710-083-5 (세트)